¡Nos vamos a Brasil!

Luigi Garlando

¡GOL!
¡Nos vamos a Brasil!

Ilustraciones de Stefano Turconi

Vintage Español
Una división de Random House, Inc.
Nueva York

Agradezco su buena disposición a todos los que han contribuido, incluso involuntariamente, a la elaboración de este libro. Gracias por sus valiosísimos consejos a Giovanni, hincha del Mantova y primer lector de *¡Gol!*

PRIMERA EDICIÓN VINTAGE ESPAÑOL, ABRIL 2013

Vintage ISBN: 978-0-345-80423-5

Proyecto editorial de Marcella Drago y Clare Stringer
Proyecto gráfico de Gioia Giunchi y Laura Zuccotti
Color de Davide Turotti

Para venta exclusiva en EE.UU., Canadá, Puerto Rico y Filipinas.

www.vintageespanol.com

Impreso en los Estados Unidos de América
10   9   8   7   6   5   4

¡Nos vamos a Brasil!

¿QUIÉNES SON LOS CEBOLLETAS?

GASTON CHAMPIGNON
ENTRENADOR

Ex jugador profesional y chef de alta cocina. Nunca se separa de su gato, Cazo. Sus dos frases preferidas son: «El que se divierte siempre gana» y «*Bon appétit, mes amis!*».

TOMI
DELANTERO CENTRO

El capitán del equipo. Lleva el fútbol en la sangre y solo tiene un punto débil: no soporta perder.

NICO
DIRECTOR DEL JUEGO

Le encantan las mates y los libros de historia. Antes odiaba el deporte, pero ahora ha descubierto que en el terreno de juego la geometría y la física también pueden ser de gran utilidad...

FIDU
PORTERO

Devora el chocolate blanco y le apasiona la lucha libre. Cuando ve el balón acercarse a la portería, ¡se lanza sobre él como si fuera un helado con nata!

LARA Y SARA
DEFENSAS

Pelirrojas y pecosas, se parecen como dos gotas de agua. Antes estudiaban ballet, pero en lugar de hacer acrobacias con la pelota se pasaban el día luchando por ella…

BECAN
EXTREMO DERECHO

Es albanés y, aunque dispone de poco tiempo para entrenarse, tiene madera de auténtico crack: corre como una gacela y su derecha es inigualable.

JOÃO
EXTREMO IZQUIERDO

Un *menino* de Brasil, el paraíso del fútbol. Tiene un montón de primos mayores, con quienes aprende samba y se entrena con el balón.

DANI
RESERVA

Sus amigos lo llaman Espárrago (y no es difícil adivinar por qué). Sus tres hermanos juegan al baloncesto, pero a él siempre se le han dado mucho mejor los remates y los cabezazos...

*Dedicado a todos los pequeños
jugadores que «chupan» banquillo*

1
SIN BECAN
NO SOMOS
UNA FLOR

El verano de los Cebolletas es como el cucurucho de helado de fresa que está degustando Fidu a la sombra en los jardines: delicioso.

El curso ha acabado, las notas ya no asustan demasiado, y los chavales disfrutan de un merecido descanso, con largas y soleadas tardes sin deberes. Pero eso no es todo...

El verano de los Cebolletas es delicioso porque es especial: dentro de pocos días, Tomás y sus amigos se irán a Brasil a pasar unas vacaciones fabulosas. Son un premio, ¿recuerdas?

En la portería, Fidu, que se lanza al suelo como si estuviera en pleno combate de lucha libre; Lara y Sara, las temibles gemelas, en la defensa; el aplicadísimo alumno Nico, como número 10 de hábiles pies y director del juego desde el medio campo; el albanés Becan y el brasileño João, extremos veloces y fantásticos;

Tomi, capitán y goleador, y Dani, un espárrago proce-
dente del baloncesto, el reserva y comodín del grupo.
Son los Cebolletas, el equipo de fútbol creado por Gaston Champignon, un cocinero francés que ha abierto
en Madrid un curioso restaurante que tiene un gran
éxito: Pétalos a la Cazuela, donde se degustan platos a
base de flores.

Los Cebolletas han empezado hace pocas semanas
y han entrenado poco, pero su primer partido ha sido
espectacular. Se han medido con los poderosísimos Tiburones Azules, y han ganado una apuesta que pare-
cía imposible: meterles al menos tres goles.

Como recordarás, los chicos de Champignon llegaron a marcar hasta cuatro, de lo más hermosos: dos
de Tomi, uno de Dani, de cabeza, y otro de Nico, en un
saque de falta.

Entre otras cosas, se jugaban que los perdedores se
mantuvieran alejados de los jardines durante todo el
verano. Por eso Pedro y su inseparable amigo, César,
jugadores de los Tiburones, pedalean al sol sin sentarse en los bancos, a la sombra, como han hecho siempre y como querrían hacer también ahora.

Fidu los saluda agitando su cucurucho lleno de helado de fresa.

—¡Hola, lavaplatos!

Pedro le responde levantando los dedos índice y meñique de la mano derecha.

—Fidu, a mí me parece que te ha hecho los cuernos... —le pincha Tomi.

—¡Qué va! —responde el portero—. Lo que quería es felicitarme por los dos disparos que le paré.

Tomi, Nico, Dani y Becan se echan a reír. Es la alegría de quienes acaban de ganar y pueden sentarse con orgullo en los bancos de los jardines como en un castillo recién conquistado.

Es verdad que el cocinero no se cansa nunca de recordarles que el objetivo fundamental de los Cebolletas es divertirse, y no vencer, pero haber dado una lección a los presuntuosos Tiburones y haberles visto fregar los platos durante la fiesta en el Pétalos a la Cazuela ha sido de lo más divertido...

Justamente al final de la fiesta se anunció la sorpresa de los padres de los Cebolletas: unas vacaciones en Brasil, en Río de Janeiro, la ciudad donde nació João y donde viven muchos de sus parientes. Unas vacaciones para que los chicos se diviertan, pero también para que sigan entrenándose y preparando su primer campeonato, que empezará en otoño.

Cuanto más se acerca el viaje, más entusiasmados están los chicos, que no hablan de otra cosa desde hace varios días.

—Pero ¿en Brasil hace calor? —pregunta Fidu, ocupado con su helado de fresa, que gotea por todos lados. Le cuesta tanto detener las gotas como a un portero que tuviera que parar cuatro balones a la vez.

—¿Calor? —dice Tomi, guiñándole el ojo a Nico—. ¿Estás de broma? En Brasil están ahora en pleno invierno.

Nico ha pillado la broma.

—Se nota que estudias poco, Fidu. Río de Janeiro es famosa por sus osos polares.

Fidu, que cada vez tiene más problemas con los goterones de su helado y con Brasil, farfulla turbado:

—Yo solo había oído hablar de papagayos...

—Los papagayos están en la selva —le corrige Nico, de lo más serio, como cuando está en la escuela—. En invierno los osos hacen escala en Río.

—Pero si yo creía que íbamos a la playa... —comenta Fidu, desilusionado.

—Sí que iremos a la playa —interviene Dani—, pero con patines. En invierno el océano se congela y se puede patinar. Díselo tú, Becan.

16

—Yo no puedo ir —responde Becan, que no tiene ganas de bromear.

Los chicos se miran unos a los otros.

—¿Cómo que no puedes venir? —pregunta Tomás.

Becan se levanta del banco y coge el cubo con el detergente y la esponja para lavar los cristales de los coches.

—Mi padre todavía no ha encontrado trabajo.

—Pero si Brasil es un regalo del míster y del padre de Lara y Sara —dice Nico—. No hay que pagar nada.

—¿Has visto el cochazo en el que van las gemelas? —añade Fidu—. Su padre, si quisiera, podría comprar Brasil entero...

—No puedo ir, lo siento. Tengo que ayudar a mi padre. Lo siento de veras, chicos —repite Becan, antes de echar a andar hacia su semáforo.

—¡Becan, estos días podemos echarte una mano! —le grita Nico—. ¡Cuantos más seamos, más coches limpiaremos!

Becan no se da la vuelta para contestar. No quiere que le vean llorar.

Fidu tira a una papelera el cucurucho que todavía no ha acabado. Tiene la sensación de que Brasil se ha helado de verdad. Los Cebolletas tienen que ir todos

juntos. Si falta uno no es lo mismo. «¿Pétalos? ¡No, una flor!», es su grito de guerra. Se lo ha enseñado Champignon: quiere decir que en el terreno de juego y fuera de él deben sentirse una sola cosa, un equipo unido. ¡Siempre!

Por esa razón cogen sus bicis y se encaminan hacia el restaurante del míster.

Por la tarde, Tomás llama por teléfono a las gemelas para contarles el problema de Becan. Le responde Sara, a quien la noticia le sienta fatal. Charlan un rato y luego comentan lo que tienen que meter en la maleta y hablan de futbolistas brasileños.

Al final, antes de colgar, Sara dice:

—Ah, me olvidaba, tampoco puede venir Eva.

Tomi se queda helado, como el Brasil de Fidu.

—Pero si había dicho que sí...

—No sabía que su padre ya había reservado dos semanas de vacaciones en Italia.

«Ni Becan ni Eva. Es como si empezáramos con dos goles de desventaja un partido que estaba seguro de ganar», piensa Tomás.

Al día siguiente, Gaston Champignon aparca su cochecito pintado de flores delante de una casa que parece muy antigua y que indudablemente necesita una buena mano de pintura.

Le abre la puerta la madre de Becan, una señora de mejillas sonrosadas y simpática sonrisa.

—Señor Champignon, es un placer...

—El placer es mío —contesta el cocinero con un gesto elegante, quitándose el gorro con forma de hongo—. Le he traído una costrada de frambuesa con crema pastelera al jazmín que está para chuparse los dedos. Becan me ha dicho que a usted le encantan las frambuesas.

La señora le da las gracias, se lleva la tarta a la cocina e invita a Champignon a entrar en su pequeña casa, que solo tiene dos habitaciones. En la que no hay camas está sentado el padre de Becan, que lleva una camiseta blanca y tiene el pelo corto y negro. Se levanta y estrecha la mano de su invitado. Luego le enseña un periódico emborronado con un bolígrafo azul.

—Parece que a nadie le hace falta un albanés con buena fe... He telefoneado a un montón de gente, pero no consigo encontrar trabajo.

La madre de Becan vuelve de la cocina con tres vasos y una botella, que deja sobre la mesa.

19

—Señor Champignon, tiene que probar este licor —dice—. Es de nuestro país.

Llena dos vasitos, que el cocinero y el padre de Becan se beben de un trago.

—*Superbe!* —exclama Champignon—. Aunque es un poco fuerte...

El padre de Becan sonríe al ver el rostro de Gaston, que ha cogido un poco de color.

—Sí, este licorcillo cura hasta el resfriado —dice. Y luego se pone serio—. Lo siento sobre todo por mi hijo. Se merece ir a Brasil con sus amigos. Ha trabajado todo el año para ayudarnos. Pero ¿cómo me las apaño? La noche de la fiesta no dije nada por vergüenza. Pero luego, en casa, tuve que explicárselo a Becan.

—Tenga en cuenta que no tendrá que pagar nada por las vacaciones —le explica Gaston Champignon—. El equipo de los Cebolletas representa a mi restaurante, y en Brasil me servirá para hacer un poco de publicidad. En el futuro me gustaría abrir un Pétalos a la Cazuela en Río de Janeiro... Por eso estoy encantado de pagar la mitad del viaje de los chicos. La otra mitad la paga el padre de Sara y Lara, que es un gran hombre de negocios y quiere darme así las gracias por ver finalmente felices a sus hijas. En clase de baile no se

divertían demasiado... ¿Me entiende? Las vacaciones no le costarán nada.

—Lo sé y se lo agradezco —contesta el padre de Becan, cabizbajo—, pero yo estoy en el paro, mi mujer solo trabaja tres días por semana; no podemos prescindir del dinero que gana mi hijo en el semáforo. Lo siento.

—Por eso estoy aquí —dice el cocinero—. No solo por la costrada de frambuesas. A diferencia de los señores con los que contacta usted a través de los periódicos, a mí sí me hace falta un albanés de buena voluntad. En realidad, me vendrían bien dos... La culpa es de mi habilidad: preparo platos demasiado buenos, el restaurante está siempre lleno y yo tengo demasiado trabajo en la cocina. Me haría falta que me echaran una mano, o más bien cuatro...

Al padre de Becan se le iluminan los ojos.

—¿De verdad nos podría emplear en su restaurante? —pregunta.

La madre de Becan se estremece de emoción.

—Yo podría preparar las flores, fregar los platos, poner las mesas, recogerlas... Y así, en septiembre, ¡Becan podría ir por fin a la escuela!

Al volver al restaurante, Gaston Champignon les da la noticia a los chicos, que estallan de alegría como si hubieran metido un gol: el gol más hermoso que han marcado los Cebolletas en su breve historia.

—Solo hay una forma de celebrarlo —dice Fidu.

Todos están de acuerdo. Cargan las botellas de plástico en el cochecito floreado de Champignon, van a buscar a Becan al semáforo, le cuentan la noticia entusiasmados y se enzarzan de inmediato en una alegre batalla de espuma y salpicaduras.

¡Mañana los Cebolletas al completo saldrán volando hacia Brasil!

—¿Pétalos o flor? —pregunta el cocinero a voces.

—¡Flor! —responden a coro los chavales, empapados como calcetines recién salidos de la lavadora.

Por la noche todos preparan las maletas.

También los padres de Tomás, que, junto con los Champignon y con Augusto, el chófer de Sara y Lara, acompañarán a los chicos durante las vacaciones.

—Lucía, ¡no metas «el loro» en la maleta! —vocifera el padre de Tomi—. ¡Los de Brasil son más bonitos y ya saben hablar!

22

La madre de Tomi, que guarda la ropa en una maleta, mueve la cabeza, divertida.

—¿Por qué tendré un marido tan chiflado?

Tomi incluye el equipo de los Cebolletas entre sus prendas de vestir. Antes de cerrar la maleta, se para un poco a pensar si ha cogido todo lo que le hace falta. Luego decide que todavía falta algo. Va al dormitorio de sus padres, abre el carillón y observa cómo danza la bailarina al ritmo de la música.

Por desgracia para él, le sorprende su padre, quien grita a su mujer:

—¡Lucía, no te olvides la crema para después del sol! ¡Tu hijo ya se ha puesto como un tomate antes de salir!

Tomi se pone colorado y se lanza a la persecución de su padre. Lo alcanza en el salón, le salta a la espalda y los dos caen rodando sobre la alfombra.

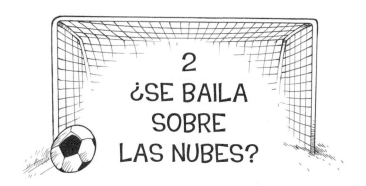

2
¿SE BAILA SOBRE LAS NUBES?

Han quedado en el aeropuerto de Barajas a las cinco de la tarde, tres horas antes de la salida del vuelo a Río de Janeiro.

Tomi lleva una pequeña mochila a la espalda, y su padre empuja un carrito en el que han colocado las maletas más pesadas.

La madre lleva en la mano el bolso con los billetes de avión y los pasaportes: es el miembro más de fiar de la familia, por lo que es preferible que sea ella la que se ocupe de la cosas importantes.

Su marido, como les sucede a menudo a los apasionados de la música, tiene la cabeza llena de pájaros. Sería capaz de perder los documentos y los billetes en un santiamén.

La madre mira en la pantalla de las facturaciones y anuncia:

—Mostrador 43.

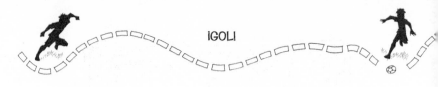

En ese mostrador, los empleados verificarán los billetes, embarcarán el equipaje y les asignarán sus asientos en el avión.

Delante del mostrador 43 ya están esperando Nico, Fidu, Dani y Becan, con sus padres. Los chicos se saludan y empiezan a comparar lo que han metido en sus maletas.

Fidu hace una mueca como si acabara de probar un bocadillo de huevo podrido.

—¿Los deberes? Nico, ¿cómo se te ha podido ocurrir llevarte los deberes a Brasil?

Nico, un poco turbado, se dispone a farfullar una respuesta, pero le salva la exclamación de Dani:

—¡Aquí llegan las princesas!

Sara y Lara, con sus gafas de sol oscuras, por supuesto, están sentadas sobre una montaña de maletas apiladas en un carrito que empuja Augusto. Realmente parecen dos princesas sentadas en su trono.

—¡Hola, chicos! —saludan.

Todos miran asombrados la montaña de maletas.

—¿Vais de vacaciones o queréis mudaros a Río para siempre? —pregunta Tomi.

—¿Por qué? —responde Sara—. ¿Por este par de cosillas que nos llevamos?

26

—Estamos acostumbradas a cambiarnos de ropa tres o cuatro veces al día, sobre todo durante las vacaciones —explica Lara.

—Esperemos que no tengan que dejar en tierra los carros de comida para hacer sitio para vuestras maletas —masculla Fidu un poco preocupado—. Si durante las ocho horas de viaje no nos dan nada de comer, me convertiré en un caníbal... —Y finge que le pega un mordisco a Nico en la oreja.

Todos sueltan una carcajada, los niños y los padres.

Es la alegría que cunde cuando uno se va de vacaciones y desea que todo empiece lo antes posible.

El padre de Tomi repasa la situación:

—Así que João ya está en Brasil desde hace una semana con sus padres. Nos encontraremos con ellos en Río. Los demás Cebolletas están todos al completo. Solo faltan los señores Champignon.

—¡Ahí llegan! —grita Sara.

EVA

27

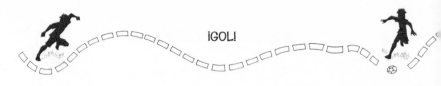

El cocinero va empujando el carrito de las maletas, sobre el que ha colocado el saco de los balones de fútbol. Al lado de la señora Sofía camina una niña con el cabello recogido en la nuca que se parece muchísimo a Eva. Se le parece tanto que al final Tomi se convence: es Eva de verdad...

Mira a su alrededor, pero ninguno de sus amigos pone una cara de sorpresa como la suya. Más bien tienen todos una extraña sonrisita en los labios.

—Habías dicho que no venía... —le dice a Sara.

—Ha sido idea mía —explica Fidu—. Tú me has hecho la broma de los osos en Brasil, así que yo he decidido gastarte la de que Eva se iba a Italia: ¡empate a uno, capitán!

Eva llega junto a sus amigos, les saluda y le dedica a Tomás una sonrisa tan hermosa como la que él había visto en el espejo de la sala de baile.

El padre de Tomi susurra a la oreja de Lucía:

—Ya te había dicho que tu hijo se había quemado...

Todos se ponen en fila para facturar: enseñan sus documentos, entregan las maletas más pesadas, la guitarra de Dani, el saco de los balones, menos uno que ha cogido Tomi, y toman el billete sobre el que está indicado el número de su asiento en el avión. Es el momento de las despedidas.

Los padres que se quedan en España besan a sus hijos y no paran de darles consejos. Los señores Champignon y los padres de Tomi aseguran que les llamarán todos los días.

Antes de llegar a la zona de embarque, tienen que pasar por el control de equipajes de mano. Todos se quitan el reloj de pulsera y la cartera, se vacían los bolsillos y lo ponen todo en una bandeja que luego dejan sobre una cinta transportadora. Dejan también las mochilas sobre la cinta, que pasa por un pequeño túnel.

Es la primera vez que Fidu sube a un avión, y no parece nada tranquilo cuando ve sus cosas desaparecer por ese agujero negro. Ha dejado en la cinta su inseparable cadena. La que lleva siempre al cuello, como John Cena, el héroe de la lucha libre.

—Ahí debajo —le explica Nico— hay una cámara especial con la que se ven todos los objetos que hay dentro de las bolsas. Eso impide que alguien suba a bordo con algo peligroso, ¿sabes?

—¿Estás seguro de que esa cámara no me estropeará las galletas y los caramelos que llevo en la mochila?

29

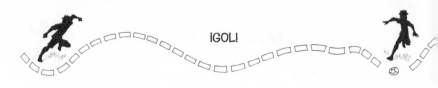

—Tranquilo, Fidu, no es una incineradora...

Luego pasan todos por el detector de metales, una especie de marco de puerta que se pone a pitar si alguien lleva encima objetos metálicos. Lo hacen, por ejemplo, cuando pasa el padre de Tomi. Por eso el policía le dice que vuelva atrás y compruebe si lleva encima algo metálico.

—A lo mejor es mi diente de oro —responde, y se mete dos dedos en la boca—, pero me cuesta mucho desenroscarlo.

Champignon suelta una carcajada. La madre de Tomi querría desaparecer de pura vergüenza.

—Discúlpele —dice al policía—, mi marido tiene la mala costumbre de bromear...

—Pues yo no. Señor, desabróchese el cinturón y vuelva a pasar por el detector de metales sin él —replica el policía con severidad.

El padre de Tomi se quita el cinturón y lo deja sobre la cinta, vuelve a pasar bajo el arco, que esta vez no suena, se pone de nuevo el cinturón y se aleja deprisa pero sin dejar de bromear.

Champignon lee en el tablón de las salidas el número de la puerta de embarque del vuelo para Río de Janeiro.

—A 21. Tenemos que ir a la puerta A 21. Por ahí, chicos...

Todos echan a andar detrás del cocinero. Tomi lleva el balón bajo el brazo. De vez en cuando lo lanza al aire y pelotea unos metros con la cabeza, asegurándose de que Eva lo esté mirando.

Nico observa con admiración a su capitán. Es el más entusiasta del grupo.

—¡Parecemos un equipo de verdad que va a jugar a casa de un adversario importante!

Al llegar ante la puerta de embarque, Fidu saca un cómic de su mochila y se pone a leerlo sobre una butaquita, mientras mordisquea unas galletas.

Todavía es pronto, falta una hora para la salida del vuelo hacia Río de Janeiro.

La madre de Tomi y la señora Sofía van a las tiendas del aeropuerto a curiosear. Gaston busca un quiosco para comprar un periódico que leer en el avión.

Nico hojea la guía de Río de Janeiro. Siempre le gusta estar preparado, tanto en clase como en vacaciones.

Tomi y Eva observan los nombres de las ciudades en el tablón de las salidas y juegan a escoger adónde querrían volar: París, Nueva York, Maldivas...

De repente, Lara mira el balón y tiene una idea.

Nico pregunta a Champignon:

—¿Por qué no ha traído a Cazo?

—Odia el mar. Le he mandado a la montaña de vacaciones —contesta el cocinero.

—¡Así hará de gato montés! —bromea el padre de Tomi.

El altavoz anuncia que ha llegado el momento de embarcar. ¡Se van!

Al subir a bordo, el padre de Tomi saluda al piloto.

—Si quiere conduzco yo, pero llegaremos a Brasil sin despegar. Soy conductor de autobús...

Su mujer Lucía lo coge de la mano y lo arrastra consigo.

En el mostrador de embarque, Gaston Champignon ha dado instrucciones para la distribución de los chicos en los asientos.

Por eso Tomi y Eva están sentados juntos, al lado de la ventanilla. Las gemelas, Becan y Dani ocupan los asientos centrales, mientras que Fidu y Nico se sientan juntos, en el extremo opuesto del avión.

Los motores rugen, poderosos. El avión ha empezado a tomar velocidad sobre la pista preparándose para el

34

despegue. El estruendo hace estremecerse a Fidu, que no ha tenido nunca antes una experiencia semejante.

—Nico, ¿me das la mano, que tengo un miedo que me muero?

—Claro, Fidu, pero estate tranquilo. No hay nada que temer.

El avión se eleva en el aire.

Fidu, con los ojos cerrados, tieso como una cuerda de tender la ropa, se aferra con una mano al brazo de su asiento y con la otra aprieta, o más bien estruja, la de Nico. No consigue relajarse hasta diez minutos más tarde, cuando el avión ha alcanzado su altura de navegación y la voz de una azafata anuncia que los pasajeros ya pueden desabrocharse los cinturones de seguridad.

Fidu suelta un gran suspiro de alivio y se seca el sudor de la frente.

—Nico, prométeme que no le dirás a nadie que te he cogido de la mano.

—Si tú me prometes que no te comerás mi oreja cuando te entre hambre.

El portero y el número 10 se estrechan la mano.

—Prometido.

Las gemelas, Dani y Becan juegan a las cartas.

35

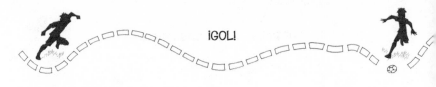
Eva mira por la ventana.

—Las nubes blancas son bellísimas —dice—. ¿Crees que se puede bailar sobre ellas?

—Solo sobre las que estén llenas de lluvia, me parece —responde Tomi—. Debe de ser como saltar sobre un colchón de agua.

—Pero las que están llenas de lluvia son grises, y a mí solo me gustan las blancas.

—Entonces baila sobre las blancas, pero no sobre las puntas de los pies, porque son muy finas y las agujerearías.

—Por eso llueve. Porque las bailarinas danzan encima de las nubes grises sobre las puntas de los pies.

Al cabo de una hora de vuelo, las azafatas sirven la cena. Fidu se zampa todo en un segundo y amenaza la bandeja de Nico, que sabe defenderse.

—¿Quieres que les cuente a las gemelas que he tenido que coger de la mano y consolar al gran héroe de la lucha libre?

Fidu se rinde, resopla y saca de su mochila un puñado de galletas.

Después de la cena se proyecta una película que los chicos escuchan con auriculares. Becan la mira con los ojos como platos. Ni en sus sueños más hermosos había imaginado lo que está viviendo en ese momento: está en un cine que vuela, sentado con amigos que le aprecian, entre millones de estrellas, en un cielo sin limpiadores de cristales, porque no hay semáforos y los aviones no se detienen nunca.

Lara y Sara se duermen antes de que acabe la película, casi a la vez. Augusto se levanta y las tapa con una manta.

Eva se adormece con la cabeza apoyada contra la ventanilla, pero luego se da la vuelta y, con los ojos cerrados, la apoya en el hombro de Tomi, que se queda inmóvil por temor a despertarla.

Fidu se despierta sobresaltado y aferra la mano de Nico.

—¿Nos estamos cayendo?

—Tranquilo —lo reconforta Nico—. Son solo unas turbulencias. Siempre hay cuando se sobrevuela el océano, pero no suponen ningún peligro.

El número 10 está leyendo un libro con una pequeña lamparilla acoplada a las hojas.

Fidu lo mira con mala cara.

—No me digas que estás estudiando.

—No, estoy leyendo la guía de Río de Janeiro. Me informo sobre las cosas que veremos.

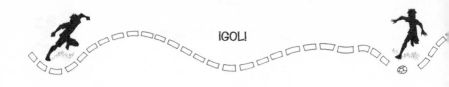
Un amanecer maravilloso que se divisa por la ventana despierta a Tomi. Eva ya está despierta y le dice:

—Buenos días.

Tomi se frota los ojos y sonríe.

—Has dormido toda la noche abrazado al balón.

—Lo hago también en mi cama —le explica Tomi.

—Eso significa que lo quieres mucho.

—Mucho.

Las azafatas sirven el desayuno.

Dani se pone de pie para estirar sus larguísimas piernas.

—Tengo la sensación de haber dormido en la cama de uno de los siete enanitos.

El comandante anuncia que ha comenzado la maniobra de descenso. El avión se sumerge en las nubes y, cuando asoma al otro lado, aparece el espectáculo de la bahía de Río de Janeiro, con sus playas y sus rascacielos.

—¡Mirad esa estatua! —exclama Champignon.

Los chicos pegan la frente a la ventanilla y ven la estatua blanca de un hombre con los brazos abiertos sobre una colina que domina la ciudad. Parece a punto de arrojarse al mar.

—¡Es el Cristo de Corcovado! —explica Nico—. ¡El símbolo de Río!

—Parece que esta noche te has estudiado toda la guía —dice Fidu, antes de aferrar la mano de su amigo, aterrorizado por un ruido inesperado del avión.

—Todo bajo control, Fidu. Lo único que pasa es que el comandante ha abierto el tren de aterrizaje. Casi hemos llegado.

¡Los Cebolletas están en Brasil!

3
ESE ROGEIRO SABE LO QUE HACE

Ante la ventana de su habitación del hotel, Tomi parece un niño goloso delante de una pastelería. Sonríe con los ojos abiertos de par en par, admirando la hermosísima playa de Copacabana, la más famosa de Río de Janeiro. Hace un día espléndido, y ya hay mucha gente tumbada sobre la arena blanca. Unos juegan a boleibol, otros cabalgan por encima de las largas olas con una tabla de surf. Un espectáculo que provoca muchas ganas de salir al capitán de los Cebolletas.

—¡Despertaos, vagos, que nos está esperando el mar! —grita.

—Que espere, de todas formas no se va a ir... —responde Fidu, tapándose la cabeza con la almohada.

Los chicos del equipo han dormido en la misma habitación, que tiene dos literas y una cama individual. Fidu quería dormir arriba a toda costa, pero nadie confiaba en dormir debajo de él.

—Si te cargas el somier y te me caes encima, hará falta una grúa para sacarme... —se negó Nico.

Así que tuvo que resignarse a dormir en la cama de abajo, con Nico encima, que pesa como una pluma. Tomi y Becan ocuparon la otra litera, mientras que Dani se tumbó en el plegatín individual, la cama más larga, la única en la que cabían sus piernas de jirafa.

Aparte de Nico, quien responde de inmediato a la llamada de su capitán, parece que esa mañana nadie tenga demasiadas ganas de levantarse.

—En situaciones como esta —dice Tomi a Nico—, no hay nada mejor que las cosquillas. Yo me ocupo del caso más difícil, tú encárgate de los otros dos...

Nico sonríe y se acerca silenciosamente al plegatín de Dani.

Tomi empieza a rascar los pies de Fidu, que se pone a pegar patadas al aire como un recién nacido en la cuna.

—¡Para, Tomi, ya sabemos que tienes prisa por volver a ver a Eva, pero déjame dormir!

—¿Cómo dices? —exclama el capitán, cogido por sorpresa—. ¡Atrévete a repetirlo si tienes valor!

—Todo el mundo sabe que estás enamorado perdido, como un corderito... Y, ya que me has tocado las

narices, ¡te voy a asar como a un cordero! —Y, mientras lo dice, Fidu lanza un almohadazo a la cabeza de su capitán.

—¡Bien hecho, Fidu! —exclama Dani, encantado—. ¡Contra estos dos mosquitos tan molestos no queda más remedio que usar la fuerza! —Y lanza su almohada a la cara de Nico.

En unos segundos estalla una batalla y las almohadas empiezan a volar por la habitación como si fueran gaviotas. Una sale despedida hacia la puerta justo en el momento en que el señor Champignon la abre y exclama:

—¡De pie, Cebolletas, os está esperando João!

La almohada da de lleno en su gorro con forma de hongo, que acaba en el pasillo.

Todos sueltan una carcajada y la batalla acaba en ese mismo instante. En parte también porque el ejercicio les ha despertado el apetito y se mueren por un suculento desayuno.

Nada más salir del hotel, los chicos se encuentran con el Cebolleta que faltaba.

—¡João!

Se abrazan y luego vienen las presentaciones porque, además de João y su padre, hay un chico alto, con el pelo largo y una tabla de surf bajo el brazo.

—Os presento a mi primo Rogeiro, que juega al fútbol como Ronaldinho. Y que tiene los dientes casi como él...

Rogeiro sonríe mientras da la mano a todos.

—João siempre está exagerando... Bienvenidos a Brasil, colegas. Estoy seguro de que os vais a divertir.

—Empecemos enseguida —propone João—. ¡Todos a la playa!

En la playa, la madre de Tomi y la señora Sofía reparten cremas solares y consejos:

—Untaos bien, niños, porque aquí el sol quema más que en España y estáis de lo más blancos.

En efecto, los chicos miran a su alrededor y se sienten un poco incómodos al ver a toda la gente bronceada.

—Parecemos botellas de leche entre un montón de Coca-Cola —dice Dani.

Lara y Sara dan las gracias a la madre de Tomi, pero ya tienen su propia crema, que han sacado de su mochila rosa, y se untan una a la otra.

—¿Es una crema especial para princesas? —pregunta Fidu.

—Sí —contesta Sara—. ¿Quieres un poco? A lo mejor te conviertes de sapo en príncipe...

—¡Bien dicho, Lara! —interviene Nico, riendo.

—Soy Sara. ¿Te vas a confundir siempre? Yo tengo un lunar bajo el ojo derecho, mi gemela no. ¿No lo ves? —le informa Sara.

—Ya sé que la diferencia es el lunar, pero es tan pequeño que para distinguirlo necesitaría unas gafas —replica Nico levantando los brazos.

Sentado sobre la toalla de felpa, entre Sara y Lara, que le untan la crema principesca en los hombros, Nico es el número 10 más feliz del mundo.

Fidu agita la cabeza.

—¿Ponerme crema yo? Eso es cosa de niños... Me voy corriendo a batir las olas.

—Cuidado, Fidu —le advierte João—, el mar de aquí no es como el de España. ¡Hay olas muy grandes y corrientes peligrosas que te arrastran mar adentro!

Los chicos echan a correr hacia la orilla acompañados por el padre de Tomi, el cocinero y Augusto, que se ha puesto el traje de baño pero conserva su inseparable gorra de chófer.

Fidu no se detiene ni un momento: echa a correr hacia la primera ola que encuentra y se lanza contra ella soltando un alarido. Cuando sale a la superficie grita:

—¡Tira, capitán!

Tomi da un par de patadas al balón y lo dispara con fuerza hacia el portero, que se lanza a su derecha dando un gran salto y desaparece entre las olas.

Lara y Sara se acercan a él abalanzándose contra una ola con los pies por delante, como cuando se deslizan por el suelo para arrebatar la pelota a un atacante. Uno tras otro, todos los Cebolletas van entrando en el agua. Solo se queda fuera Eva.

—¿No te vienes? —le pregunta Tomi.

—Está fría —contesta la bailarina.

Rogeiro se ata al tobillo la cuerda de su tabla de surf, luego se tumba encima de ella y empieza a nadar mar adentro.

Fidu, con su cadena de plástico al cuello, desafía a sus amigos:

—¿Quién tiene el valor de luchar contra el gran John Cena? ¡Vamos, acercaos!

—¡Enséñales quién eres! —dice Sara a Nico, que no puede echarse atrás, aunque sin gafas le cuesta incluso ver de qué lado está el mar.

Fidu aferra al pequeño número 10, lo levanta dando un grito y lo arroja contra las olas.

—¿Pétalos o una flor? —pregunta Tomi.

—¡Una flor! —responden Sara, Lara, João, Becan y Dani.

—Entonces ¡venguemos a Nico! ¡Al ataque! —grita el capitán.

Fidu no tiene tiempo de defenderse: en un instante es arrollado por sus amigos, que lo hacen zozobrar como si fuera una barca agujereada. Pero luego reaparece como si fuera un monstruo marino y pone a los Cebolletas en fuga.

Champignon, sentado en la orilla, se divierte de lo lindo mirándolos.

Después de la gran batalla, los chicos se tumban sobre sus toallas para descansar.

Becan sonríe.

—Es mucho mejor pelearse aquí que en los jardines con las botellas de plástico, ¿no?

—Cuánta razón tienes —responde Tomi—. Los jardines se los dejamos encantados por unos días a nuestros queridos amigos de los Tiburones.

—No nos olvidemos de enviar una postal a Pedro, ese tipo tan simpático... —propone Dani.

47

—Buena idea —aprueba Fidu—. Se le caerá la coleta de envidia.

João apunta con un dedo hacia el mar.

—¡Mirad a Rogeiro!

El primo de João se ha puesto de pie en la tabla y se acerca volando hacia la orilla, cabalgando sobre las olas y haciendo acrobacias espectaculares: vira de improviso a la derecha, salta por el aire sosteniendo la tabla con una mano, vuelve a caer sobre el agua manteniendo un equilibrio perfecto, gira de nuevo y, acurrucándose sobre la tabla, pasa por debajo de la cresta de espuma que forma una especie de túnel.

Fidu lo admira, entusiasmado.

—¡Es un fenómeno!

Cuando Rogeiro llega a la orilla con su tabla, todos los Cebolletas lo aplauden.

—João, tu primo es un campeón.

—En Río los chicos crecen en la playa, Fidu. Se pasan

ROGEIRO

el día surfeando y jugando con la pelota. Por fuerza tienen que ser buenos.

—Un día de estos probaré yo también —promete Fidu—. En el fondo, soy un mago con el monopatín.

—Bueno —le advierte Dani—, entre la acera y el mar hay unas cuantas diferencias...

—Estoy seguro de que Fidu lo conseguirá —tercia el padre de Tomi—. Con las tablas es imbatible, sobre todo si son de quesos y embutidos.

A media tarde, los Cebolletas están tumbados tranquilamente al sol. Nico, echado entre Sara y Lara, lee su libro sobre Río de Janeiro. Dani escucha música rock con su lector de Mp3. Fidu hojea un cómic. Tomi, tumbado junto a Eva con el balón bajo la cabeza, medita. Becan juega a las cartas con el señor Champignom.

En ese momento llegan João y Rogeiro con dos bandejas llenas de vasos de plástico.

—¿Queréis «vitaminas», chicos?

—¡No estamos enfermos! —responde Fidu.

Rogeiro sonríe, mientras João les explica:

—Aquí llamamos «vitaminas» a los zumos de fruta con leche. Y los zumos de frutas que hacen en los chiringuitos de las playas son deliciosos y refrescantes. Probadlos...

49

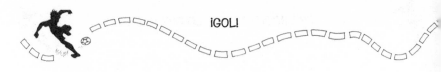
Los chavales no necesitan que se lo repitan.

Rogeiro tiende el último vaso a Eva, que le da las gracias con una sonrisa.

—Se te da muy bien el surf.

El primo de João se sienta a su lado.

—Gracias. Es que los bailarines de samba tenemos mucho equilibrio...

—¿Eres bailarín?

—Todos los brasileños sabemos bailar samba, es nuestra pasión. Durante los carnavales danzamos sin parar días enteros: por la calle, en carrozas, con ropas de colores hermosísimas...

—¿Has bailado en una carroza de carnaval?

—Sí, dos veces.

—Yo también bailo, ¿sabes? Soy bailarina.

—¿En serio? ¿Y qué tipo de baile?

Cuando acaba su «vitamina», Tomás vuelve a tumbarse con la cabeza encima del balón y cierra los ojos, mientras Eva y Rogeiro hablan de la escuela de baile, los carnavales, el colegio y las vacaciones.

Es entonces cuando a Tomi le entran unas ganas tremendas de jugar al fútbol. Se levanta de repente, coge el balón y propone:

—¿Batimos el récord del aeropuerto?

50

Los Cebolletas, con Rogeiro, siguen al capitán hasta la orilla, se ponen en círculo y empiezan a pelotear sin dejar que la pelota caiga al suelo. Llegan a 63 toques y luego al récord de 75.

Al final lo celebran zambulléndose de cabeza en el agua.

En el agua Rogeiro se encuentra con unos amigos que le proponen echar un partido.

Fidu reacciona con entusiasmo:

—¡¡¡Pues claro!!! ¡Echemos un partidazo España-Brasil!

Los chicos se presentan, se dan la mano y se van a una zona de la playa donde no hay nadie. Plantan en la arena cuatro tablas de surf, que hacen las veces de porterías. Ocho contra ocho, porque juega también Dani: en vacaciones no hay reservas ni titulares. ¡Tienen que divertirse todos!

Champignon, que hace de árbitro, comprende enseguida que sus chicos van a recibir una dura lección... Porque una cosa es jugar en unos jardines y otra muy distinta hacerlo en la playa.

Mira por ejemplo esta jugada...

51

Así es como se juega en la playa, porque la pelota rueda mal sobre la arena.

Rogeiro y sus amigos están acostumbrados, pero los Cebolletas no, y se nota...

Mira a Becan.

Como sabes, es muy rápido, pero se equivoca al intentar correr con el balón pegado al pie: sobre la arena es casi imposible. De hecho, el balón se ha frenado en un agujero y se ha quedado atrás.

Solo consiguen hacer algo João, que está acostumbrado a la arena, y Tomi, gracias a su gran técnica.

En realidad, el único gol de los Cebolletas lo fabrican ellos: un buen regate de João por la banda izquierda, un pase para el capitán, que se lanza sobre la arena y empuja el balón con la cabeza entre las tablas de surf. Pero para entonces los adversarios ya les han metido ...¡siete goles!

El partido acaba 7-1 para los amigos de Rogeiro, que ha marcado cinco goles, uno de ellos estupendo: ha le-

vantado la pelota con el talón, la ha hecho pasar por encima de su cabeza y la de Dani, la ha recogido antes de que cayera al suelo y la ha lanzado a portería. Fidu se ha rascado la cabeza intentando entender qué había sucedido, como se queda uno delante de un prestidigitador que te acaba de hacer un truco en las narices...

Antes de irse con sus amigos, Rogeiro se despide de los chavales:

—Un día de estos, que os traiga João a mi casa. Me encantaría, ¡os espero!

Los Cebolletas se lanzan al mar para refrescarse.

No ha sido más que un partidito en la playa, lo importante era divertirse. Pero Tomás se ha quedado disgustado.

—Míster —dice a Champignon—, eran todos mejores que nosotros...

El cocinero lo mira y sonríe.

—Tomás, los jugadores brasileños son los mejores del mundo porque crecen jugando descalzos —le explica—. Aprenden enseguida a golpear el balón a la perfección y, sobre la arena, como has visto, hace falta mucha técnica. La playa es una escuela de primera...

54

—Las jugadas que ha hecho Rogeiro solo las he visto por televisión...

—Sí, juega muy bien; su padre me ha dicho que juega con los alevines del Flamengo. Pero ya verás como al final del verano habréis mejorado también vosotros y ya no perderéis por 7-1. Si os he traído a Brasil es también por esa razón: ¡es la universidad del fútbol! Aprenderéis un montón de cosas útiles. Pero ante todo os he traído aquí para que os divirtáis. ¡Venga, al agua, Tomi, y no pienses en los siete goles!

Tomi se tira y se va con sus compañeros, que siguen hablando del partido.

—Una cosa que no he comprendido es por qué los amigos de Rogeiro me llamaban todo el rato Franco, cuando yo me llamo Fidu.

—No te llamaban Franco, sino «*frango*», que en portugués significa «pollo» —le aclara João sonriendo.

Todos sueltan una carcajada. Todos menos Fidu...

De regreso al hotel, Eva comenta:

—Qué bien juega Rogeiro, ¿no?

—Sí, lo hace todo bien —responde Tomi, a quien se le han quitado las ganas de pelotear con la cabeza.

4
¡LOS CEBOLLETAS EN EL MARACANÁ!

Nico se despierta y asoma la cabeza por la litera:

—Fidu, ¿se te ha colado un cangrejo entre las sábanas esta noche? No has parado de dar vueltas y de hacer un ruido infernal...

—No podía dormir. Creo que me he quemado «ligeramente»... —contesta Fidu en un susurro.

Se levanta, se quita el pijama y todos se quedan mirándolo con la boca abierta.

—Así que «ligeramente», ¿eh? —dice Dani—. ¡Pareces una langosta gigante! ¡No te acerques hoy a ningún restaurante, no vaya a ser que te metan en la cazuela!

—Si te ven los amigos de Rogeiro no te llamarán «pollo», sino «pollo asado» —suelta Becan riendo.

A Fidu no le hace ninguna gracia.

—¡Qué graciosos!

—Al menos podías haberte quitado la cadena del cuello... —le dice Tomi, admirando la marca blanca que

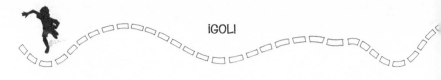
se dibuja en su barriga abrasada—. Parece que vayas disfrazado de superhéroe, con una gran U blanca sobre un chándal rojo: ¡«Upermán»!

Fidu se va al cuarto de baño despacio y con los brazos extendidos, como un astronauta caminando sobre la luna:

—En realidad, en este momento me siento como el Hombre Antorcha...

Gaston Champignon acude corriendo con una crema para quemaduras y le dice:

—Aunque, si sigues convencido de que la crema es cosa de niños, no te la pongo.

—No, no, he cambiado de idea —susurra Fidu, sufriendo—. Póngamela, por favor, míster, que me estoy abrasando...

—Será mejor que no te quites la camiseta durante un par de días. Y, para que no sufras demasiado, hoy podríamos dar una vuelta por la ciudad —propone el cocinero—. Así no tendrás la tentación de tirarte al agua. ¿Qué os parece, chicos?

—Ok —responde Tomi en nombre de todos.

Augusto ha alquilado un microbús en el que caben todos los Cebolletas y sus acompañantes.

Nico va sentado en el asiento de la primera fila, junto a Augusto, que conduce con la gorra de chófer calada. Ha cogido el micrófono y va contando todo lo que ha aprendido de su libro.

Ha asumido a la perfección el papel de guía y habla con toda la seriedad del mundo, como cuando la profesora le hace preguntas de geografía.

—Río de Janeiro es una ciudad enorme, tres veces más grande que Madrid. Aquí viven más de diez millones de personas, para que os hagáis una idea. A sus habitantes se les llama «cariocas».

—¿«Cariocas»? —repite Lara.

—Sí —prosigue Nico al micrófono—, es el nombre que dieron los indios a los primeros portugueses que llegaron a Río, en el siglo XVI. Los portugueses se pusieron a construir casas blancas y los indios que vivían en esta tierra los llamaron así: «cariocas», porque en su lengua «*cari*» significa «blanco» y «*oca*» «casa».

—¿Y «Río de Janeiro» significa algo, Nico? —pregunta Eva.

—Sí: «Río de Enero» —responde el número 10—. Como sabéis, la ciudad se yergue frente a una gran bahía. Los primeros portugueses, que llegaron el 1 de enero de 1502, no sabían que esta bahía era marina, sino

que creyeron que se trataba de la desembocadura de un gran río. Por eso llamaron a la ciudad Río de Janeiro, que en portugués quiere decir precisamente «Río de Enero».

—No lo sabía. ¡Nico, eres un fenómeno! —exclama Tomi.

Nico se vuelve hacia sus amigos.

—Tener un amigo empollón también puede ser útil, ¿no os parece?

La ocurrencia fue recibida con un estuendo aplauso en el autocar.

—Como veis —continúa el número 10—, en Río hay muchas subidas y bajadas, porque la ciudad está rodeada de colinas, que aquí se llaman *morros*.

—¿*Morros*?

—Sí, *morros*. Ahora visitaremos los dos *morros* más famosos: el Pan de Azúcar, al que llegaremos con un teleférico espectacular, y Corcovado, la colina más alta, esa que tiene la gran estatua blanca que vimos desde el avión, ¿os acordáis? Desde las dos colinas divisaremos un panorama maravilloso, así que id preparando las cámaras fotográficas.

—Fidu, si vamos al Pan de Azúcar —bromea Dani—, por favor, no te lo comas todo... —Y le da una palmada en la espalda.

El portero suelta un alarido de dolor.

—Perdona, me había olvidado de tus quemaduras... —se excusa Dani.

Augusto aparca y todos van andando hasta el pie del teleférico. La señora Sofía no quiere subir, porque tiene vértigo, pero al final la convence Gaston.

—Basta con que no mires hacia abajo, *mon amour*. Ya te avisaré cuando hayamos llegado.

Para asegurarse de que no tendrá miedo, la señora Sofía cierra los ojos y se los tapa con las manos.

SOFÍA

En efecto, si uno mira hacia abajo, hacia un mar que está muy lejos, y piensa que está colgado de un cable, algo de miedo sí que da... Pero es una lástima ir con los ojos cerrados, porque desde la cabina transparente, y luego desde la cima del Pan de Azúcar, el espectáculo es realmente hermoso: se ve toda la ciudad de Río, los rascacielos de la zona moderna, la franja blanca de

las playas, el mar de la bahía, las colinas verdes... Los chavales sacan las cámaras de sus mochilas y no paran de hacer fotografías, posando en grupos.

João señala con el dedo las playas más famosas de Río:

—Esa es Copacabana, la playa que tenéis delante del hotel. Aquella es la playa de Botafogo y esa otra es la de Flamengo, que son también el nombre de dos equipos de fútbol. Ahí está la célebre playa de Ipanema, que significa «mar peligroso».

En cambio, el padre de João les enseña una pila de casas arracimadas en una colina:

—En esas casas, hechas con madera y uralita, vive gente muy pobre. Tenéis que saber, chicos, que Río no es solo una hermosa postal. Tiene playas blancas y rascacielos altísimos, pero también esas viviendas, que se aferran a los *morros* y están pegadas unas a las otras, con callejuelas de tierra que se convierten en ríos de barro cuando llueve. Esos pegotes de casas se llaman «favelas». En ellas vive muchísima gente, y la mayoría no tienen bastante dinero para comer todos los días. Yo nací y me crié en una favela.

—¿Eras muy pobre? —le pregunta Lara.

—Sí —responde el padre de João—. Mi padre murió joven y mi madre tenía que trabajar mucho porque yo

tenía seis hermanos. Empecé a ganar dinero con el balón: jugué en el Flamengo y, cuando llegué al primer equipo, pude comprar una casa más bonita en la ciudad para mi madre y mis hermanos. Luego me fui a España, donde nació João. Rogeiro todavía vive en una favela. También él juega en el equipo alevín del Flamengo y sueña con poder comprar una casa más hermosa para su familia. Un día de estos iremos a verlo. Si queréis conocer Brasil, tenéis que ver también una favela.

Llegan a la cima de la colina de Corcovado en un pequeño tren que atraviesa un bellísimo parque tropical, el parque de la Tijuca, lleno de monos que van saltando de árbol en árbol.

—Tijuca significa «laguna apestosa» —explica Nico.

—Ningún problema —responde Tomi—. Estoy acostumbrado a los calcetines de Fidu...

En la cima del *morro*, Nico cuenta la historia de la gran estatua de Cristo con los brazos abiertos, símbolo de la ciudad. Explica que lleva esculpidos un gran corazón en el pecho y muchas placas en la ropa, entre ellas una dedicada al italiano Guglielmo Marconi, el inventor del telégrafo.

Dani quiere una foto con el gran Cristo detrás.

—¡He encontrado a alguien más alto que yo!

Una vez en el pie de la colina, Augusto conduce al grupo a la parte antigua de la ciudad, donde hay iglesias muy hermosas, y luego Nico se vuelve hacia sus compañeros y les pregunta con el micrófono:

—Y ahora, ¿preferís ver el estadio de Maracaná o el interesantísimo museo de Bellas Artes?

—Nico, ¿te parece que hace falta que votemos? —le responde Tomi.

—Entendido... Augusto, vamos al Maracaná —dice Nico dándose la vuelta, un poco decepcionado.

El Maracaná no es un simple estadio. Para los brasileños es un monumento nacional, pero también en el resto del mundo es considerado un auténtico mito: es el estadio más grande y famoso de la Tierra. Parece una enorme astronave llegada de un planeta lejano.

—Tenéis suerte. El vigilante del estadio es amigo mío y nos dejará entrar hasta el césped —dice el padre de João, sonriendo.

Los Cebolletas alzan los brazos y gritan de alegría, como si le hubieran metido un gol a los Tiburones Azules...

64

Los chicos se reúnen en la entrada del estadio en torno al padre de João, que empieza a contarles la historia de la instalación.

—Maracaná es el nombre de un riachuelo que corre por aquí cerca. Para que os hagáis una idea, en la construcción del estadio participaron 15.000 obreros, y el primer partido que se jugó en su interior fue entre chicos de vuestra edad. El primer gol lo marcó un chaval llamado Didi, que luego sería uno de los mejores futbolistas de la historia. Y ahora, mirad esto...

Van todos ante una placa de bronce clavada en una pared.

—En esta placa se recuerda el gol más hermoso jamás marcado en este estadio. Lo metió el gran Pelé. ¿Habéis oído hablar de Pelé?

Nico levanta el brazo, como si estuviera en el colegio.

—¡Claro! Es el mejor futbolista de todos los tiempos, marcó más de mil goles y lo llamaban «o Rei», el Rey.

—Aquel día de 1961 —continúa el padre de João—, Pelé cogió el balón y regateó a cinco adversarios, uno detrás de otro. Luego se deshizo del portero y entró en la portería con el balón pegado al pie. Una maravilla nunca vista. Por eso le dedicaron esta placa y todavía hoy, cuando alguien marca un gol hermoso, decimos

que es un «gol de placa», recordando al de Pelé. Entremos...

El padre de João charla un rato con el vigilante, que saluda a todos los visitantes y los conduce por un pasillo estrecho y luego les hace subir por una escalera.

En cuanto sale a la luz y se ve ante las inmensas tribunas del Maracaná, a Tomi se le corta la respiración. Lleva su balón bajo el brazo.

—Imaginaos este coliseo lleno hasta la bandera de espectadores que gritan —dice el padre de João caminando con los Cebolletas por el césped del campo—. ¡Aquí dentro caben más de cien mil personas! Treinta mil más que en el Santiago Bernabéu. Yo he jugado aquí dentro, con la camiseta del Flamengo, y os aseguro que cuando salía del vestuario siempre me temblaban un poco las piernas...

—La selección nacional también juega en este campo, ¿verdad? —pregunta Nico.

—Claro —responde el padre de João—. Con la camiseta amarilla de Brasil han jugado nuestros mayores campeones, empezando por el legendario trío de delanteros: Didi-Vavá-Pelé.

—¿Didi, el chaval que metió el primer gol en el Maracaná? —pregunta Tomi.

66

—El mismo. Decían que solo jugaba bien cuando su mujer Guiomar lo miraba desde el palco. Un día estaba jugando fatal y unos hinchas fueron a buscar a Guiomar, que se había quedado en casa, y la convencieron de que acudiera al estadio. Didi metió casi enseguida un gol...

—Yo también conduzco mejor el autobús si mi mujer me está mirando... —dice el padre de Tomi dándole un beso a su mujer en la mejilla, mientras todos sueltan una carcajada.

—Carlos, ¿no conoces ninguna historia de porteros? —pregunta Fidu.

—Sí, pero es una historia triste —responde el padre de João—. En 1950 se disputó en este estadio el Mundial. Brasil era el favorito. Solo le quedaba un partido contra Uruguay, y le bastaba con empatar para llegar a la final. Intentad imaginar este campo lleno de brasileños dispuestos a celebrar el triunfo. Brasil se puso enseguida por delante: ¡1-0! Pero luego Uruguay empató y, a nueve minutos del final, marcó el 1-2... cien mil personas llenaron el Maracaná de lágrimas. El portero de Brasil se llamaba Barbosa y fue a él a quien le echaron la culpa.

—¿Era un «manos de mantequilla»? —pregunta Fidu.

67

—No, no era un manos de mantequilla —contesta el padre de João—. Simplemente tuvo mala suerte. Pero toda la vida le reprocharon al pobre Barbosa que no parara aquel disparo.

—Siempre es culpa nuestra, de los porteros... —comenta Fidu.

—Pero ahora, basta de charlas —dice Carlos—. ¿No queréis pegar unos pelotazos sobre el césped de este estadio mágico? ¡Así podréis decir que habéis jugado en el Maracaná!

Los Cebolletas no se lo hacen repetir...

Tomi dispara el balón al cielo y los chicos echan a correr por el campo.

—¡Vete a la portería, pollo! —le grita Dani.

—Imposible, colegas —responde Fidu suspirando y extendiendo los brazos—. Si me muevo, veo las estrellas...

—Si no te molesta, hijo, te haré de suplente —dice entonces Augusto—. Como el antiguo portero que fui, es para mí un honor colocarme entre dos postes del Maracaná.

—Y, como el viejo delantero que fui —añade Gaston entrando también en el terreno—, ¡será para mí un honor disparar a puerta como lo hacía Pelé!

68

5
LA FAVELA
DE ADRIANO

Si me preguntas con qué han soñado esta noche los Cebolletas, estoy seguro de que la respuesta correcta es: con meter un «gol de placa» en un Maracaná lleno a rebosar de espectadores. Todos menos Fidu, que debe de haber soñado con parar el disparo que no alcanzó el pobre Barbosa para convertirse en el portero campeón del mundo.

La visita al mítico estadio de Río de Janeiro ha entusiasmado tanto a los chavales que esta mañana están en la playa de Copacabana jugando a hacer de brasileños.

—Yo soy Pelé, tú Didi y tú Vavá —propone Tomi a João y Becan, antes de lanzar el balón a sus compañeros y practicar con ellos jugadas de ataque espectaculares.

¿Ves cómo se divierten?

En la portería se ha situado Augusto, que, con su traje de baño, su gorra de chófer, sus zapatillas y sus

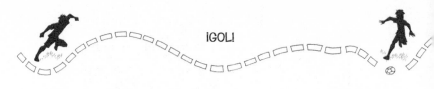
guantes de piel negra, divierte a los turistas tumbados al sol, que disfrutan con sus paradas. Cada vez que se lanza se le caen la gorra y las zapatillas...

Dani se ha llevado la guitarra a la playa y toca para Eva y las gemelas, que escogen las canciones en un grueso libro.

Nico lee la novela que la profesora de lengua española les ha recomendado para las vacaciones, mientras Fidu, tumbado a su lado, intenta hacer un crucigrama, pero parece que tiene problemas, porque hasta ahora solo ha escrito una palabra de dos letras (nota musical más personal: Mi). Se rasca la cabeza con el lápiz, como hace siempre que tiene un examen, antes de pedir una ayudita a Nico.

El número 10 ha tenido una idea:

—Fidu, ¿vas a bañarte?

—Sí, pero sin quitarme la camiseta. No me gustaría volver a achicharrarme los hombros...

—¿Te apetece un combate de lucha libre? —propone Nico.

—Encantado. Si tienes tantas ganas de salir volando, caer al mar y beberte unos litros de agua salada, es cuestión de segundos... —se mofa Fidu.

Nico cierra su libro.

—¿Te acuerdas cuando te di la mano en el avión porque estabas muerto de miedo?

Fidu mira a su alrededor un poco turbado, para asegurarse de que ningún Cebollita esté escuchando.

—¿Qué tiene que ver el avión con esto? Habla en voz baja, por favor...

—Tiene que ver —responde Nico—, porque si no finges que pierdes cuando luchemos en el agua, les contaré a los demás lo que sucedió en el vuelo Madrid-Río de Janeiro...

Fidu lo mira atónito.

—¿De verdad serías capaz de hacer eso a tu mejor amigo?

—¡Puedes estar seguro, Fidu!

—Eres un monstruo...

Nico le arranca el crucigrama de las manos.

—¡Soy un monstruo con un gran cerebro! Y ahora, acabemos este crucigrama. El único juego que puedes hacer solo es el de unir puntitos numerados...

La madre de Tomi escribe postales.

—Eh —le dice su marido, robándole el bolígrafo—, una cartera tiene que entregar cartas, ¡no escribirlas!

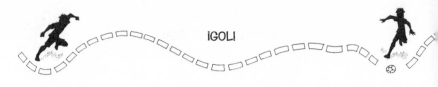

—Entonces tú solo deberías conducir autobuses y no subir a ninguno —contesta Lucía—. ¡Devuélveme el bolígrafo!

Gaston Champignon, con sus gafitas en la punta de la nariz y un libro en la mano, dice sonriendo:

—Y yo no debería comer nunca en un restaurante. En cambio, esta noche os llevaré a comer un espléndido *rodizio*. Creo que he encontrado un lugar adecuado en esta guía.

—No nos hará saltar sobre el lomo de un caballo... —pregunta, preocupado, el padre de Tomi.

—¡Qué va, eso es el rodeo! —explica el cocinero—. El *rodizio* es una cena típica de Brasil, a base de carne de primera. Para chuparse los dedos...

—Estupendo. Entonces, vamos a nadar un rato —propone el padre de Tomi—. Así nos entrará hambre.

Se levanta, coge del brazo a su mujer, se la echa a la espalda y se dirige hacia el mar.

—¡Déjame en el suelo! —protesta la madre de Tomi, roja de vergüenza—. Nos mira todo el mundo...

—No hay nada que hacer, querida cartera. ¡He decidido «despacharte» al agua!

Champignon y su señora se ríen a gusto. Tomi oye los chillidos de su madre y corre hacia la orilla, donde llega

74

a tiempo para ver a su padre lanzar a su madre al agua. Al rato, todos los Cebolletas están en remojo.

Nico se acerca a las gemelas.

—Sara...

—Soy Lara —responde Lara.

—Lara, ¿quieres que le dé una lección a Fidu?

—Si de verdad tienes ganas de tragarte un barreño de agua marina, adelante —dice Lara, que mira a su hermana sonriendo.

Nico se acerca a Fidu, que acaba de bloquear a Tomi con una presa de lucha libre y lo ha lanzado volando a lo lejos.

—Capitán, ¡ahora voy yo! —dice el número 10, agarrando a Fidu por la muñeca y girándosela un poco.

Fidu finge ver que le duele mucho, grita, se arrodilla, se hunde en el agua, asoma la cabezota, lanza un alarido, se sumerge de nuevo, vuelve a asomar, escupe un buche de agua y se lamenta como si sufriera:

—¡Basta, Nico, por favor! Me rindo... me rindo...

Tomi y los demás los miran con la boca abierta.

Lara grita desde la orilla:

—¡Para ya, Nico! ¡Le estás haciendo daño!

—Por hoy basta —dice Nico, soltando la muñeca de Fidu.

75

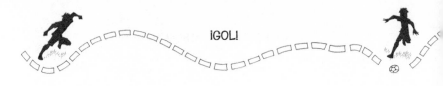
Sara lo mira asombrada.

—Pero ¿cómo lo has hecho?

—Muy fácil: una llave secreta japonesa —contesta el número 10, mientras se seca las gafas que ha olvidado quitarse.

Mientras comen bocadillos en el bar de la playa, Gaston Champignon les anuncia el programa para la tarde:

—Esta tarde iremos a ver a Rogeiro a su favela y luego a cenar al mejor restaurante de Río. Y, para acabar, ¡una fiesta en la playa a ritmo de samba con el bailarín Rogeiro, Carlos y sus amigos!

Todos se entusiasman con ambos planes. Bueno, casi todos. A Tomás la idea de un baile en la playa no le gusta demasiado. No está ni la mitad de contento que Eva.

De modo que, después de la hora de la siesta, cuando ya han vuelto al hotel, se han dado una ducha y descansado un poco, Augusto hace subir a todos al microbús y Carlos, el padre de João, los lleva hacia la casa de Rogeiro.

—Ya estamos —aclara Carlos—. Aquí comienza la favela de via Cruzeiro, donde nací yo.

Los chicos miran por la ventana. Les parece como si hubieran dado bruscamente la vuelta a la página de un libro: de las páginas blancas y los edificios modernos de Copacabana a esas casuchas hechas con madera, uralita y ladrillos, pegadas unas a la otras sobre la ladera de la colina.

—¿Y ahí dentro viven personas? —pregunta Sara.

—Miles de personas —responde Carlos—. Personas muy pobres, que no tienen la suerte de tener un trabajo fijo y se pasan el día dando vueltas por las calles de Río en busca de un trabajillo para poder comprar comida para su familia.

—Pero ¿cómo pueden aguantar de pie estas casas? —pregunta Tomi.

—Por desgracia, muchas veces no aguantan —le explica el padre de João—. Basta con que sople un viento fuerte o que caiga una lluvia torrencial para que las calles se llenen del agua y el barro que caen del *morro*, de la colina, arrasando las casas más frágiles. Luego la gente las tiene que volver a levantar.

—¿Y no pueden construirlas más resistentes? —pregunta Fidu.

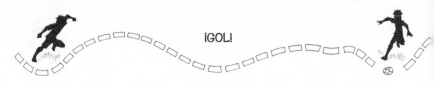
—Haría falta dinero. Y en las favelas hay poco. Hay que apañarse con lo que se encuentra: algunos ladrillos, cajas, a veces una puerta de madera y una uralita para el tejado. Ya os había avisado: Río no es solo una bonita postal. Hay personas muy ricas y afortunadas y otras muy pobres, que pueden acabar robando o volviéndose delincuentes con tal de conseguir algo de dinero. En las favelas hay mucha violencia porque hay mucha desesperación. Hasta la policía tiene miedo de recorrer estas calles. Pero no os preocupéis: yo nací aquí y me conocen, conmigo estáis seguros. De todas formas, mejor que guardéis las cámaras fotográficas.

Becan observa a un chiquillo descalzo que sale de una casa hecha con tablones de madera.

—En Albania yo vivía en una casa igual.

—¿En serio? —pregunta Nico.

—No teníamos agua corriente —explica el extremo derecho—. Tenía que ir a buscarla yo a la fuente de la plaza.

Carlos indica a Augusto que doble a la derecha.

—Pero los brasileños saben contentarse con poco y tienen mucha esperanza. Por eso saben sonreír incluso en las favelas. Ya hemos llegado a la casa de Rogeiro. Bajemos...

Rogeiro da un beso en la mejilla a Eva y a las geme-las, estrecha la mano de los demás huéspedes e invita a sus amigos a entrar.

—No vivo en un castillo, pero a lo mejor cabemos todos dentro. Mi madre os ha preparado una limonada fresca, que es lo mejor para el calor.

La casa es muy pequeña, solo tiene una habitación, donde están la cocina y las camas, pero al menos pa-rece sólida. Como una cajita de cemento.

Gaston Champignon da las gracias a la madre de Ro-geiro y le da algunas recetas suyas de bebidas refres-cantes a base de flores. Rogeiro presenta a su herma-na Tania, una chica muy guapa de grandes ojos claros, a sus amigos, y después les dice que salgan.

—Chicos, si tenemos suerte os daré una gran sor-presa...

Los Cebolletas siguen al primo de João, que, des-calzo, va andando hasta un pequeño campo de fútbol. Al llegar se pone a hablar con dos chicos y luego, ex-tendiendo los brazos, dice a los Cebolletas:

—¡Qué lástima! Adriano se ha ido hace un par de minutos...

—Adriano, ¿el antiguo delantero centro del Inter? —pregunta Nico con los ojos abiertos como platos.

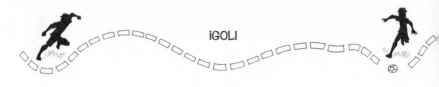

Los Cebolletas se miran entre sí.

—Sí —contesta Rogeiro—. Nació en la casa que hay al lado de la mía y empezó a jugar al fútbol en este campo, que ahora lleva su nombre. Está pasando una temporada aquí y ha vuelto a saludar a sus amigos. Antes lo he visto. Una pena... Se nos ha escapado por cinco minutos.

En una pared que hay junto al campo se ve una gran foto de Adriano con la camiseta negra y azul del Inter. Debajo, con grandes letras, pone: «*O cantinho do Adriano*», que significa «El rincón de Adriano».

—Aquí jugamos al fútbol de la mañana a la noche —explica Rogeiro—. La regla es que quien mete un gol se queda en el campo, quien encaja un gol deja sitio a otro equipo. ¿Os apetece probar?

—¿Descalzos también? —pregunta Nico.

—Naturalmente —responde Rogeiro—. Aquí los zapatos los usamos solo para ir a la escuela.

Sara y Lara se los quitan enseguida.

—¡Listas para afrontar el reto!

Los Cebolletas se sientan en el borde del campo y esperan su turno con los otros chicos de la favela, que se comportan como hinchas enloquecidos mientras esperan.

80

Rogeiro le da un codazo a Tomi.

—¡Mira qué jugadas hace ese chico! Se llama Leo y juega conmigo en los «dientes de leche» del Flamengo.

—¿«Dientes de leche»?

—Vosotros los llamáis «alevines», aquí en Brasil somos «dientes de leche» —le aclara Rogeiro.

Tomi ya se había fijado en Leo, y no solo porque va con el pelo rapado y le falta un diente. Mueve los pies a una velocidad impresionante. Nadie logra detenerlo. En cuanto lo intentan, desplaza el balón, dribla y sale corriendo como un rayo.

Gracias a sus goles, su equipo no sale del campo.

Bueno, ahora les toca a los Cebolletas.

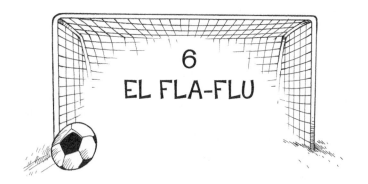

6
EL FLA-FLU

Los chicos sentados en el borde del campo sonríen al ver las muecas de Nico, que no está acostumbrado a correr sobre piedras. Las más afiladas le hacen saltar...

Tania grita a su favor: «¡España, España!».

Pero los amigos de Leo empiezan a silbar e impiden que se oigan sus gritos.

Fidu, que todavía no se ha recuperado de sus quemaduras, prefiere no jugar, así que el largo Dani-Jirafa se pone en la portería, mira preocupado las piedrecitas afiladas que hay por el suelo y dice:

—Ahora comprendo por qué hay tan pocos porteros brasileños. ¡De pequeños no se tiran nunca al suelo!

—Piensa en los faquires de la India, que duermen encima de clavos... —le responde Sara para animarlo.

Los Cebolletas tienen problemas enseguida. Leo y sus amigos juegan muy bien. Los chicos brasileños corren por las piedras como si fueran arena mullida...

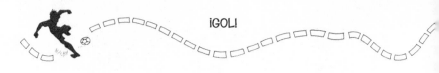
—Estos campos son perfectos para entrenar —explica Carlos a Gaston Champignon—. De pequeño sabía que, si me caía, me arañaba las piernas, así que hacía todo lo que podía para mantenerme siempre en pie y, sin saberlo, mejoraba mi equilibrio. Por eso Adriano, Kaká y Ronaldinho son tan buenos corriendo con el balón pegado al pie y no se caen por más que les empujen.

Con el paso del tiempo, los Cebolletas van ganando confianza. Ahí tenéis una bonita jugada de Tomi...

Los Cebolletas salen del campo con la cabeza gacha y se disponen a esperar su próximo turno, mientras Leo se burla de ellos con sus compañeros de equipo.

—Otra lección brasileña que será útil para nuestros Cebolletas... —le susurra Champignon a Augusto.

Tomi se limpia el polvo de encima después de la caída. Nico se masajea los pies, que no le han salido tan buenos como los de un faquir... Las gemelas se mueren de ganas de volver a jugar. Y, cuando al fin lo hacen, parecen dos tigresas.

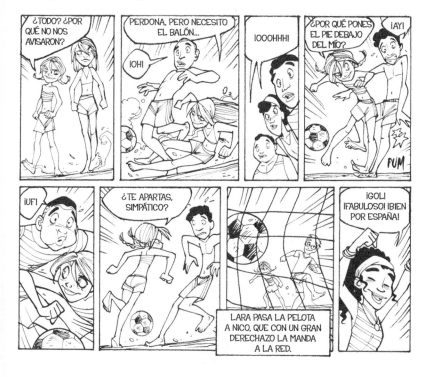

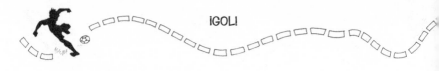
Sara pregunta a Rogeiro:

—Leo me ha llamado «*fazenda*». ¿Qué significa?

—Te habrá llamado «*beque de fazenda*», que en nuestra lengua significa «piquete de fábrica», es decir, alguien que no se anda con remilgos. Como tú... —le responde Rogeiro con una sonrisa.

Champignon le guiña el ojo a Augusto.

Leo hace una mueca, se levanta y sale del campo. Sus compañeros van detrás: uno se masajea un pie, el otro la barriga.

También salen los Cebolletas.

—No, vosotros os quedáis. Habéis ganado. Ya os haremos salir dentro de poco... —les dice Leo refunfuñando.

Lara, que se está calzando, responde con amabilidad:

—Lo siento, amigo. Nos han invitado a cenar. Lo dejaremos para otra ocasión...

Fidu, que no ha jugado en el «rincón de Adriano», se convierte en el gran protagonista del restaurante.

Los camareros colocan sobre los platos grandes trozos de carne ensartados en un espetón y cortan una

loncha. Hay carne de todo tipo: cordero, cerdo, pollo, salchichas... De cuando en cuando, Rogeiro, que está sentado junto a Eva, explica a sus amigos lo que les han servido. Champignon va probando los manjares y les da una nota. Casi siempre son notas altísimas, como las que suele sacar Nico.

El desfile de camareros parece interminable. Todos llevan chaqueta blanca y corbatín rojo. Llegan casi en fila, dejan un filete en el plato y se van con su gran espetón en la mano.

Después de las primeras cuatro o cinco raciones, casi todos cruzan los cubiertos sobre su plato e indican con la mano que están llenos.

Fidu es el único que no rechaza a los camareros y además sonríe cada vez que ve acercarse un espetón, diciendo:

—¡Gracias, gracias! Este *rodizio* me parece una idea fantástica.

El padre de Tomi lo observa con admiración.

—Fidu, si pararas el balón tan bien como paras las brochetas de carne, no encajaríamos nunca un gol...

—No te pases, Fidu: están llegando los *brigadeiros* —le dice Rogeiro sonriendo.

El portero lo mira preocupado.

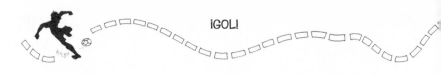

—¿Me van a detener porque como demasiado?

—Tranquilo —le contesta riendo el primo de João—. Los *brigadeiros* son bolitas de chocolate rellenas de leche, un postre exquisito.

—En ese caso los detengo yo a esos *brigadeiros*, y los meto a la sombra... de mi estómago... —añade Fidu, suspirando con alivio.

Eva no los quiere ni ver. Se justifica diciendo que las bailarinas deben tener mucho cuidado y comer solamente cosas sanas, pero Rogeiro la convence para que por lo menos pruebe uno.

Tomi ya no tiene hambre.

—Rogeiro, también tú deberías vigilar tu dieta —le aconseja Carlos—, de lo contrario no rendirás en el Fla-Flu.

—¿Qué es el Fla-Flu? —pregunta Fidu mientras se come un *brigadeiro*.

—Es un partido entre los dos equipos más queridos de Río de Janeiro: el Flamengo contra el Fluminense. Un partido como el Barça-Madrid. El miércoles habrá unas cien mil personas en el Maracaná. Y antes del partido se enfrentarán los chicos del Fluminense y del Flamengo.

Nico se quita las gafas y mira a Rogeiro.

88

—O sea, ¿que el miércoles jugarás en el Maracaná delante de cien mil personas?

Rogeiro sonríe y deja en el plato la bolita de chocolate que tenía en la mano.

—Sí. Tiene razón Carlos: será mejor que me ponga a dieta... Y, por favor, amigos: el miércoles os espero en el Maracaná. Tenéis que hacer de hinchas para mi Flamengo. Ya os conseguiré yo las entradas.

Salen todos del restaurante y suben al microbús de Augusto. Van a la playa de Copacabana, donde el padre de João y sus amigos encienden una gran hoguera.

Se han llevado también los instrumentos musicales: tambores, nueces de coco llenas de piedrecillas, una especie de arco de madera que se llama *berimbau*... Carlos y sus amigos vuelven a formar la orquesta que Champignon y Tomi habían escuchado en el parque. Se unen a ellos Dani con la guitarra y el padre de Tomás, que ha cogido en la playa las tapas de dos cubos de basura.

—¡Señoras y señores, van a tener ustedes el honor de oír al gran intérprete de platillos de la banda de «autobuseros» de Madrid!

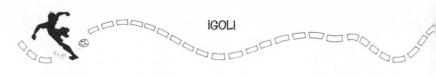

Hace una noche maravillosa. Hay tantas estrellas que el cielo está blanco, la temperatura es templada y hasta el mar de Río parece bailar al ritmo de la música. La noche ideal para una gran fiesta.

Gaston Champignon invita a la señora Sofía a bailar ante el fuego, Carlos bate el bongó con las manos y grita:

—¡Bravo, señor cocinero! ¡Todos a bailar, amigos! ¡La samba os espera!

La samba, como el fútbol, es una gran pasión de los brasileños. Es una danza antigua inventada por los esclavos que llegaron de África para ser obligado a trabajar en las plantaciones de caña de azúcar. En Brasil hay muchas escuelas de samba, que se baila sobre todo durante los carnavales.

Nico se ha quitado los zapatos y baila descalzo sobre la arena, llevando a Sara y a Lara de la mano. Nunca se había divertido tanto.

—¡Es casi mejor que hacer los deberes! —le dice a Fidu, que está bailando a su lado.

—Si vuelves a decir la palabra «deberes» te lanzo al mar —le amenaza el portero.

CARLOS

—Recuerda la mano en el avión... —replica Nico.

Fidu no tiene precisamente una figura de bailarín. Más bien parece un oso agitándose, muerto de cosquillas. Pero, al verlo saltar con su cadena de lucha libre sobre la barriga, Tania, que danza delante de él, se divierte un montón. También bailan samba Becan, João, Augusto...

Atraída por la música se acerca mucha gente que estaba paseando por la playa, de modo que al poco tiempo la fiesta se transforma en una verdadera juerga.

—¡Es un exitazo, chicos! —grita Carlos, que sigue batiendo el bongó con las manos.

—¡Gracias a mi talento musical! —añade el padre de Tomi mientras hace chocar entre sí las dos tapas de hojalata.

Todos bailan y se divierten; todos menos Tomi, que permanece sentado sobre su balón observando cómo danza Eva, la mejor de todos, ligera y elegante como la bailarina del carillón de su madre. Pero también se mueve con elegancia Rogeiro: se ve que lleva la samba en la sangre. Ese chico lo hace todo bien: el surf, el fútbol...

—¿No bailas, capitán? —se acerca a preguntarle Sara.

—Me duele un poco el hombro. A lo mejor ha sido el golpe que me han dado en la favela... —miente Tomi.

En la cama, antes de dormirse, los chicos no hablan de otra cosa que de Rogeiro y el Fla-Flu.

—¡Qué no daría yo por jugar un partido de verdad en el Maracaná! —dice Dani.

—Ante más de cien mil espectadores... —suspira Nico—. ¿Os imagináis qué emoción?

—Ese Rogeiro es un chico con mucha suerte —concluye Fidu.

Tomi apaga la luz.

En la oscuridad se oye la voz de Becan:

—¿Habéis visto las casas de la favela de Rogeiro? A lo mejor los afortunados somos nosotros.

Nadie dice nada más, y se quedan dormidos.

92

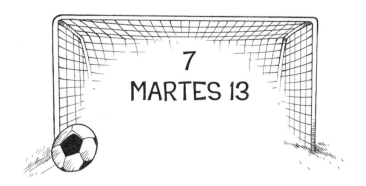

7
MARTES 13

Nico se despierta de repente.

—¿Qué pasa? ¿Hay un terremoto? ¡Mi cama ha empezado a temblar! —grita asustado.

—Tranquilo —responde Fidu rascándose la cabeza—. Soy yo, que me he dado un cabezazo con tu cama cuando intentaba levantarme... Tenía que haberme quedado debajo de la colcha. Chicos, ¿sabéis qué día es hoy?

Tomi está observando las largas olas de Copacabana por la ventana.

—Martes.

—Exacto —confirma Fidu—, pero martes 13. Habrá que andar con mucho cuidado. La mala suerte anda al acecho.

Nico se quita el pijama.

—¿No creerás de verdad en esas tonterías?

—Serán tonterías —responde Fidu—, pero el cabezazo me lo he dado, y ya noto el chichón...

—Fidu tiene razón —añade Dani, mirando a Tomi—. Mis padres son supersticiosos, y siempre tenemos mucho cuidado con estas cosas. Los conjuros son una cosa seria.

Tomi se echa la mochila a la espalda y coge su balón blanco.

—Si queréis quedaros en la cama, adelante. Hace un día espléndido y yo me voy a la playa. ¡Aunque sea martes 13!

Antes de tumbarse al sol, como todas las mañanas, los Cebolletas se entrenan media hora en el paseo marítimo de Copacabana, donde van a correr muchos brasileños mientras escuchan música con auriculares.

Aunque estén de vacaciones, los chicos de Champignon no se olvidan de que en otoño empezará su primer campeonato. Ya lo habían prometido antes de salir: durante las vacaciones-premio encontrarían huecos para entrenarse. Tendrán que estar muy en forma si quieren ganar a los Tiburones Azules y a los Diablos Rojos.

El cocinero, con el silbato al cuello y el cronómetro en la mano, va en bicicleta por delante de los Cebolle-

tas y les va diciendo cuándo deben apretar el paso o cuándo pueden aflojarlo.

Como ya ocurría en los primeros entrenamientos en los jardines, Tomi, como buen capitán, va siempre en cabeza del grupo, mientras Fidu, sudado como un calcetín, se arrastra en último lugar.

A mitad del paseo marítimo, Tomi se para en seco.

—Pero ¿ese no es Augusto?

En una zona de la playa, hay unos aparatos de gimnasia plantados en la arena.

En medio de un grupo de chicos musculosos como los héroes de lucha libre está el chófer de Sara y Lara, que acaba de agarrarse a una barra.

Se levanta a pulso, se balancea, se impulsa, gira cuatro veces en torno a la barra y luego se suelta, da una voltereta en el aire y aterriza con los pies en la arena.

Los chicos que están a su alrededor le aplauden. Los Cebolletas se quedan boquiabiertos.

—Yo creía que Augusto era como ese mayordomo de la televisión, que solo se dedica a servir chocolatinas a su ama —comenta Fidu—. Y en cambio practica la lucha libre...

Sara y Lara sonríen a sus compañeros de equipo.

—Aún no sabéis de lo que es capaz Augusto...

95

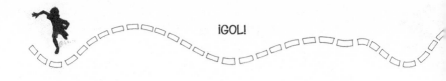

Después de darse un baño en el mar para refrescarse, Gaston Champignon coge una bolsa de plástico de la que saca rodando una decena de pelotas de goma, un poco más grandes que las de tenis.

—Coged una cada uno —explica el cocinero— y poneos a pelotear.

Nico lo intenta, pero la pelota se le cae enseguida en la arena.

—Es difícil, míster, son demasiado pequeñas...

—Son útiles precisamente por eso —responde Champignon—. Si aprendéis a pelotear descalzos con estas pelotitas, cuando le deis a un balón normal y vayáis calzados os parecerá todo mucho más fácil. Ese es el verdadero secreto de los futbolistas brasileños, que crecen descalzos y juegan con pelotas hechas con trapos, como el gran Pelé. Así los pies se vuelven más sensibles.

Mientras los niños pelotean, Fidu se entrena con Augusto, que ha dejado sobre la arena una tabla de surf y explica al portero:

—Yo te tiraré la pelota, tú te lanzarás por el aire por encima de la tabla, pararás la pelota al vuelo y caerás sobre la arena. ¿Está claro?

96

La dueña del gato, que lleva un horrible traje de baño rosa, se pone a chillar:

—¡Tesoro mío, ven! ¡Coged a mi Biro Biro! ¡Que alguien me ayude!

La mujer intenta levantarse, pero no lo consigue y se cae sobre el trasero.

—¡Tesoro, ven con tu mami! ¡Biro Biro!

Fidu se lleva las manos a la cabeza.

—¡Un gato negro y martes 13! Es el fin... ¡Lo sabía! Tenía que haberme quedado en la cama esta mañana...

Todos los Cebolletas se lanzan a la caza de Biro Biro, que siembra el caos en medio de Copacabana, hasta

que Augusto se lanza en plancha a la perfección, como el gran ex portero que es, y logra atraparlo por la cola.

Champignon aplaude con entusiasmo.

—*Superbe, mon ami!*

El chófer devuelve Biro Biro a su dueña con suma elegancia.

—Madame, su minino ha regresado.

Por la tarde llega a la playa Rogeiro. Nico, Dani y Becan lo acosan a preguntas sobre el Fla-Flu y le piden que les enseñe algún truco brasileño, empezando por el número con el talón que pudieron ver en el partidito que echaron hace unos días. Ya se imaginan todos haciéndoles esa jugada por sorpresa a los Tiburones Azules y ven a Pedro boquiabierto...

Rogeiro aprieta el balón con los dos pies, como si

BIRO BIRO
Y SU DUEÑA

fueran una tenaza, levanta las piernas por detrás, se lo pasa por encima de la cabeza y luego lo recupera, dispuesto a salir corriendo hacia la portería.

—¿Habéis visto? —dice el primo de João—. Es facilísimo. Lo llamamos «la bicicleta».

Becan se rasca la cabeza.

—No he entendido nada...

—¡Qué gracioso! —responde Nico, al tiempo que escupe un poco de arena que se le ha metido en la boca al caerse.

Rogeiro recoge el balón y les dice:

—Mirad esta finta con el cuerpo. Es más fácil y puede ser más eficaz. Ven, Nico, haz de defensa.

Nico se levanta. Rogeiro desplaza el pie izquierdo, fingiendo que va a salir hacia ese lado, pero en cuanto

Nico se lanza a por él, sale hacia la derecha con la pelota pegada al pie. Un cambio de dirección rapidísimo.

—Era una de las fintas favoritas de Garrincha —les cuenta Rogeiro—, que ha sido uno de los mejores futbolistas brasileños de la historia. Lo llamaban «el Pajarito». Nadie regateaba tan bien como él. Tenía una pierna más corta que la otra por culpa de una enfermedad, pero ese defecto, en lugar de ser un inconveniente, lo hacía aún más imprevisible. Ha sido el extremo derecho más genial de la historia del fútbol.

—Entonces —dice Becan—, la próxima vez que juguemos a hacer de brasileños, yo seré Garrincha el Pajarito.

Tomás, tumbado al sol, mira cómo sus amigos estudian los trucos de Rogeiro y le piden consejos, como si su capitán fuera él. Muy en el fondo está algo celoso...

—¿Queréis que os haga una «cafetera»? —pregunta Rogeiro.

—Yo no, gracias. Prefiero un zumo de fruta —responde Dani.

—¡No, hombre! ¡No me has entendido! La cafetera es otra finta espectacular. Los argentinos la llaman «rabona». Diego Maradona la hacía muy bien.

Al oír el nombre de Maradona, Dani exclama:

100

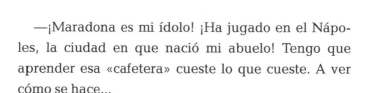

—¡Maradona es mi ídolo! ¡Ha jugado en el Nápoles, la ciudad en que nació mi abuelo! Tengo que aprender esa «cafetera» cueste lo que cueste. A ver cómo se hace...

—Es muy sencillo —explica Rogeiro—. Se golpea el balón haciendo pasar el pie por detrás de la otra pierna. Así...

El primo de João ejecuta el movimiento a la perfección.

Dani no parece demasiado convencido.

—A lo mejor es fácil para ti, que eres brasileño. Pero yo soy español.... Enséñame otra vez esa «cafetera», porque no he entendido muy bien...

Nico, Dani y Becan miran preocupados el tobillo de Rogeiro. Rogeiro hace una mueca de dolor.

—¡Me duele mucho! Espero que no sea un esguince.

Tomi se avergüenza cuando se da cuenta de que ha sentido un poco de satisfacción al ver que, por una vez, algo le sale mal a ese chico, que siempre lo hace todo perfectamente, desde el surf hasta la samba...

Carlos va al bar de los zumos de fruta y vuelve con una bolsita de plástico llena de hielo.

—Apriétatela contra el tobillo —le dice a Rogeiro—, te irá bien. Quédate un rato sentado y deja que descanse el pie. Acuérdate de que mañana tienes que jugar el Fla-Flu...

Se acercan también Fidu y las chicas. El portero menea su cabezota y comenta:

—Gato negro y martes 13. Ya decía yo que iba a pasar algo...

—La mala suerte no tiene nada que ver con esto —dice Rogeiro—. Lo único que ha pasado es que he metido el pie en el lugar equivocado. Eso es todo. Y, ya que hoy no puedo hacer surf, os dejo mi tabla encantado. ¿No queríais probar?

Fidu mueve el dedo índice como si fuera un limpiaparabrisas.

—Yo no tengo la más mínima intención de probar...
Ya lo haré otro día. Pero por nada del mundo un mar-
tes 13, después de haber visto un gato negro...

—¡Eres un gallina, Fidu! —le dice Sara—. Hasta
Nico te ha derrotado en el agua. No te reconozco...

Interviene Eva por sorpresa:

—Entonces, visto que la tabla está libre, la cogeré
yo. ¿Puedo?

—Pues claro. Una buena bailarina tiene que ser por
fuerza una buena surfista. ¡Sobre las olas se baila! —le
contesta Rogeiro con una sonrisa.

Eva se coloca la tabla bajo el brazo y se dirige hacia
la orilla. Todos la siguen, hasta Tomi.

La señora Sofía parece la más preocupada.

—Eva, ¿no te parece demasiado peligroso?

—No se preocupe, señora —contesta la bailarina—.
No es la primera vez que hago surf, y estas olas no me
dan miedo.

Eva se ata al tobillo la cuerda de la tabla, se tumba
encima de ella sobre la barriga y empieza a nadar mar
adentro. Cuando llega a la distancia justa, gira el extremo delantero de la tabla, la pone apuntando hacia
la orilla y se queda esperando una buena ola para ca-
balgar sobre ella.

103

¡Ahí está!

Eva se da impulso, rema con las manos en el agua y luego pone los pies sobre la tabla y se va levantando poco a poco, manteniendo el equilibrio con los brazos.

En cuanto la distinguen entre los chicos de Río de Janeiro y la ven volar con seguridad sobre las olas, los Cebolletas se ponen a gritar, orgullosos, como si Eva hubiera metido un «gol de placa» en el Maracaná.

—¡Fantástico, Eva, eres una campeona!

Sara le da un codazo a Fidu en la panza.

—¡Aprende, Mago de la Lucha Libre! Si te hace falta una pizca de valor, nosotras te podemos dar un poquito...

Tomi observa encantado los giros de Eva sobre las olas. Realmente parece que esté bailando sobre la punta de los pies en una sala llena de espejos. Le faltan unos pocos metros para llegar a la orilla cuando resbala y cae al agua. Una ola la cubre.

Pero Eva no vuelve a salir a flote. Pasan unos segundos que parecen larguísimos. La señora Sofía se lleva las manos a la boca, pálida de miedo. Tomi nota que el corazón le late con fuerza. Se ve la tabla blanca, pero Eva no está.

Hasta que Sara da un alarido:

104

—¡Ahí está! ¡Ahí!

Los cabellos negros de Eva asoman entre las olas y desaparecen de nuevo. Augusto se tira al agua de cabeza, llega junto a ella en un abrir y cerrar de ojos y la arrastra hasta la orilla. Eva tose y expulsa algo del agua que se ha tragado.

La señora Sofía le coloca una toalla en la espalda.

—¿Cómo estás, hija mía?

Eva sonríe.

—Cuando me he caído al agua la tabla me ha golpeado en la cabeza. Me ha dejado atontada un ratito y por eso me ha entrado un poco de agua. Pero ahora ya estoy bien. Todo en orden.

—A partir de ahora, en lugar de Eva te llamaremos Gluglú... —le dice el padre de Tomi.

Todos echan a reír y se olvidan del miedo que acaban de pasar.

Por la noche, mientras se acuestan, Fidu les dice a sus amigos:

—Menos mal que se ha acabado este martes 13. Ha empezado con mi cabezazo y ha acabado con el de Eva. Ya os he dicho esta mañana que era un día peligroso...

105

Nico no está de acuerdo.

—No son más que tonterías, Fidu. Todo eso podía haber pasado ayer y ha ocurrido hoy. No es más que una coincidencia.

—Y Biro Biro, el gato de la mala suerte, ¿cómo lo explicas? —pregunta Fidu.

En mitad de la discusión suena el teléfono.

Tomi se levanta y lo coge.

Se queda escuchando un buen rato y luego farfulla:

—Lo siento... ¿En serio? ¿Yo?... Te lo agradezco... Hasta mañana... Buenas noches...

Sus compañeros se quedan mirándolo, porque tiene una expresión extraña.

Tomi deja el auricular en su sitio, se vuelve a meter en la cama, apaga la luz y dice en la oscuridad:

—Era Rogeiro. Se le ha hinchado el tobillo. Mañana no podrá ir al Fla-Flu y me ha preguntado si quiero jugar sustituyéndolo en el Maracaná.

8
¡VAYA PAPELÓN, COLEGAS!

Durante el desayuno, todos los Cebolletas se agrupan en torno a la mesa de Tomi.

Nico le lleva las tostadas.

—Aquí tienes, capitán. Lo único que tienes que hacer es untar la mermelada por encima. La mermelada lleva azúcar, que da mucha energía.

Sara se presenta con un vaso de zumo de naranja.

—La naranja tiene vitaminas que dan fuerzas. ¿Te basta con un vaso, capitán?

—Tomi, ¿cuántos cruasanes quieres que te traiga? Yo me he comido cuatro —le pregunta Fidu.

Tomi levanta los brazos y responde:

—¡Vale ya, chicos! Creo que estáis exagerando. Solamente tengo que echar un partidito de fútbol...

—¡¿Un partidito?! —exclama Nico—. ¡Esta tarde vas a jugar en el mítico Maracaná delante de miles de personas! Tendrás que estar en plena forma. Hoy no de-

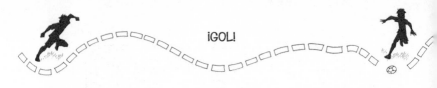

bes cansarte. Dinos qué necesitas y ya nos ocuparemos de todo. ¡Los Cebolletas están a tus órdenes!

Monsieur Champignon se acerca también a la mesa.

—Tomi tiene razón —dice—. No es más que un partido de fútbol. Si os comportáis así lo único que conseguiréis es que se ponga más nervioso. No olvidéis la primera regla de los Cebolletas: jugamos para divertirnos. Así que, ¡pensemos en divertirnos! Las vacaciones están a punto de acabar, dentro de poco volveremos a España. Aprovechemos los últimos días de playa. Hoy también luce un sol espléndido. ¡Todos a la playa y olvidémonos del partido de Tomi hasta esta tarde!

Los niños van a prepararse, y el cocinero se sienta a la mesa de Tomás, que está acabando de desayunar.

—Gracias, míster —murmura el capitán—, pero de todas formas estoy muy nervioso... ¿Ha visto cómo juegan Rogeiro y Leo? Si todos los chicos del Flamengo juegan igual de bien, haré un papelón delante de cien mil personas...

—Tomi, con los pies y la cabeza que tienes podrías hacer un buen papel hasta en la final del Mundial —dice Champignon—. Pero no tienes que salir al campo pensando en qué dirá la gente. Así te arruinarás la fiesta. Cuando entres en el Maracaná, tienes que pensar: «Soy un chico afortunado, ¿cuántos querrían estar en mi lugar? ¡Tengo la oportunidad de jugar en un estadio mítico, delante de un público de verdad! ¡Tengo que divertirme todo lo que pueda!». Eso es lo que tienes que pensar, y luego perseguir el balón como si estuvieras en los jardines.

Mientras los Cebolletas luchan en el mar contra Fidu, llegan Carlos, João, Rogeiro y Tania. Los chicos salen del agua para saludarlos. Rogeiro lleva el pie vendado y camina apoyado en unas muletas.

—Lo siento —le dice Nico—, es culpa nuestra. Si no te hubiéramos pedido que nos enseñaras algunas fintas, no te habrías hecho daño...

Rogeiro sonríe y se sienta en la arena.

—No es culpa de nadie, chicos. Podía haberme ocurrido mientras entrenaba. Son gajes del oficio de futbolista. Y, además, no es nada grave. Dentro de una semana ya podré volver a correr. Lo único que me voy a perder es el Fla-Flu, pero con Tomi mi Flamengo será esta tarde incluso más fuerte.

—Espero de verdad que tengas razón... —farfulla Tomi.

Los Cebolletas vuelven al agua. Eva se queda bajo la sombrilla porque todavía le duele un poco la cabeza por el golpe del día anterior. Monsieur Champignon da las gracias a Carlos.

—Ha sido una idea estupenda invitar a Tomi a que juegue el partido.

—Quería devolveros el favor —responde Carlos—. Vosotros habéis metido a mi João en los Cebolletas y le habéis hecho sentirse uno más del equipo. João ha encontrado verdaderos amigos y es feliz. Ahora que estáis en mi país, he querido que un Cebolleta entrara en el mejor equipo que tenemos... El entrenador del equipo alevín del Flamengo es un gran amigo mío, jugábamos juntos de niños. Tomi estará a gusto. Y además Rogeiro y yo estaremos en el banquillo y le ayudaremos.

A las cuatro de la tarde, Carlos y Rogeiro pasan a recoger a Tomi para llevárselo al Maracaná.

Tomi se despide de todos.

—Nos veremos en el palco después del partido, amigos. Y veremos juntos al primer equipo del Flamengo.

Eva no irá. Todavía le duele un poco la cabeza y la confusión que reinará en el estadio no es la medicina

110

más apropiada para que se le pase. Se quedará tranquilamente en el hotel con la señora Sofía.

—¡Suerte, Tomi! —le desea la bailarina.

Tomi le dedica una sonrisa y levanta la bolsa en la que ha metido las botas y el equipo.

El Maracaná parece un inmenso hormiguero: las hormigas son los espectadores, que para entrar hacen cola delante de todas las puertas. Un río de personas.

Tomás mira por la ventana con la boca abierta y piensa que en unos minutos tendrá que jugar delante de toda esa gente. Por un lado está contento, por otro tiene miedo.

Carlos lo conduce hasta el vestuario de los chicos del Flamengo, que ya se están cambiando. Tomi choca la mano del entrenador, un joven de tez oscura, pelo rizado y simpática sonrisa.

—Bienvenido, Tomi. Me llamo Damião. —El entrenador se dirige a su equipo—: Chicos, os presento a Tomi, el amigo que ha llegado de España para ayudarnos a derrotar al Fluminense...

Los chavales le saludan con la mano y Tomi responde:

—Hola a todos.

Reconoce a Leo, el chico de la favela de Adriano, y empieza a desvestirse.

Damião le pasa una camiseta del Flamengo, con rayas horizontales rojas y negras. Tomi la coge y mira el número 9 que lleva estampado en blanco. No se lo esperaba.

Carlos y Rogeiro sonríen al ver su cara de sorpresa. ¡Tomi va a ser el número 9 del Flamengo y miles de personas observarán cómo juega!

En cuanto los chicos salen al terreno de juego, los hinchas los reciben con un estruendo tremendo y se ponen a cantar para sus respectivos equipos. El estadio solo se llenará del todo cuando comience el partido del primer equipo, pero ahora las tribunas ya están casi abarrotadas, y el ruido de los hinchas y de los tambores es ensordecedor. En un fondo predominan los colores rojo y verde, los de las camisetas del Fluminense, y en el otro el rojo y el negro, del Flamengo.

Tomi corre un poco para calentar y trata de concentrarse en el partido, que está a punto de empezar, pero no puede evitar mirar la multitud impresionante que rodea el campo. Y, cuanto más la mira, más débiles siente sus piernas, temblorosas y delgadas como las de Nico.

El árbitro pita el inicio del partido. El Maracaná responde con un griterío ensordecedor. Tomi sube al ataque. Damião le ha dicho que se quede junto a Leo. Serán ellos dos los que rematen las jugadas de los chicos del Flamengo.

Pero no es fácil.

Los jugadores del Flamengo llevan toda la vida juntos, se conocen bien y se avienen. Tomi corre por todos lados, pero nadie le pasa la pelota.

Corre sin parar, pero es como si nadie lo viera. Leo le ha gritado algo, pero él no le ha entendido bien. Además, los adversarios del Fluminense juegan de maravilla. No ha jugado nunca contra defensas tan veloces y fuertes.

En la tribuna, Sara se come las uñas con cara de preocupación.

—¡Tomi todavía no ha tocado la pelota!

Nico, sentado entre las gemelas, comenta:

—Ese Leo es un envidioso. Sabe que Tomi juega bien y no le pasa la pelota adrede...

Gaston Champignon se atusa el extremo izquierdo del bigote, como hace siempre que las cosas parecen no ir bien.

—Hace falta un poco de paciencia, chicos. No es fácil jugar en un estadio tan grande, con compañeros de equipo que no conoces. Pronto se relajará.

El Maracaná se cubre de banderas rojiverdes y se produce un estruendo ensordecedor.

El error de Tomi ha sido el origen de la jugada que ha hecho ponerse por delante a los adversarios.

Peor que eso, imposible.

Al final del primer tiempo, Tomi vuelve al vestuario desconsolado, con la cabeza gacha. Solo levanta la vista para mirar hacia la tribuna en la que sabe que están sus amigos. «Les he dejado en ridículo», piensa, mientras Leo pasa a su lado y le dice algo, que sin duda no es una felicitación...

—Lo siento, míster —dice a Damião—. Mejor que ponga a jugar a otro. Qué mal lo he hecho...

Está a punto de quitarse la camiseta, pero Damião se lo impide.

—Verás cómo en el segundo tiempo te va mejor.

Rogeiro se sienta a su lado y le dice:

—El que no juega es el único que no se equivoca. No le des más vueltas, Tomi. Si consigues estar tranquilo y jugar como te he visto hacerlo en la playa y en la favela, seguro que marcas. ¡Adelante, y prométeme que vas a derrotar al Fluminense!

Tomi se esfuerza por sonreír.

—Prometido.

115

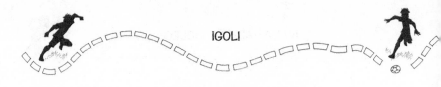
Al salir del vestuario oye que lo llaman.

Se da la vuelta y ve a Gaston Champignon.

—Míster, ¿qué hace aquí?

—Quería recordarte la primera regla de los Cebolletas: ¡divertirse! —responde el cocinero—. Y no me parece que esa cara sea la de alguien que se está divirtiendo.

—A la fuerza —replica Tomi—. ¡Juego mal y perdemos!

—¿Y qué tiene que ver el resultado con la diversión? —le pregunta Champignon—. Si juegas mal es precisamente porque no te diviertes. Ese es el problema, *mon ami*. ¡Olvídate del Maracaná, de los compañeros y de los adversarios! Pon los ojos sobre el balón y basta. Y, cuando lo tengas entre los pies, intenta hacer lo más divertido que se te ocurra, como si estuvieras en el patio del Pétalos a la Cazuela. Acuérdate de que los Cebolletas están aquí contigo, en el estadio. No eres un pétalo, somos una flor. ¿Está claro, *mon capitaine*?

Esta vez Tomi sonríe con mayor convicción.

—¿Una flor o un pétalo? —le vuelve a preguntar el cocinero.

—¡Flor! —grita Tomi.

No ve el momento de que el árbitro pite el comienzo de la segunda parte.

Se quita la camiseta del Flamengo y saca otra de su bolsa. Se va hacia las duchas y se refresca la cara en el lavabo. Se pone la camiseta nueva y por encima la del Flamengo. Se mira al espejo y exclama sonriendo:

—¡No soy un pétalo, somos una flor!

Está listo para volver al campo.

9
IGUALITO
QUE DIDI

En tribuna, la madre de Tomi se muerde las uñas, preocupada. Sabe lo importante que es para Tomi ese partido y que una desilusión tan grande le podría arruinar las vacaciones. Le gustaría dar la vuelta entera al Maracaná, mirar a los ojos a todas las personas, una a una, y pedirles que no silben.

También Nico está preocupado.

—A mí me temblaban las piernas cuando jugué en el campo de los Tiburones Azules —les dice a sus amigos—, o sea que imaginaos en el mítico Maracaná y delante de tantísima gente... Pobre Tomi, yo le comprendo.

Todos asienten, pero Champignon, de vuelta a las gradas, se atusa el extremo derecho del bigote, el de las buenas sensaciones, y levanta la moral de su tropa.

—Un poco de paciencia, chicos. Al gran Michel Platini le hicieron falta seis meses para acostumbrarse a la liga italiana. A Tomi solo le hará falta un ratito. ¡Aho-

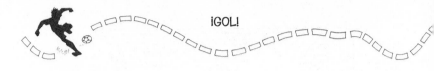
ra nos dará un hermoso espectáculo! ¡Me apuesto el restaurante!

Sara, que está de lo más enfadada, replica:

—¿Cómo nos va a dar espectáculo, si ese pelón no le pasa nunca la pelota?

Es verdad que Tomi ya se ha desviado hacia la banda derecha dos veces y le ha pedido el balón a Leo, que parece haberle olvidado. La tercera vez, en cuanto el balón llega a los pies de su compañero pelón y desdentado, Tomi suelta un grito tremendo...

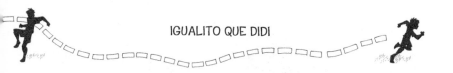
El Maracaná se convierte en un mar de banderas roji-
negras.

El público celebra el gol con un estruendo inimagi-
nable, la gente no deja de aplaudir: los hermosísimos
regates del pequeño número 9 parecen haberles re-
cordado la maestría de Garrincha el Pajarito en la banda derecha.

En el banquillo se abrazan Carlos y Rogeiro; en las
gradas gritan de alegría los Cebolletas. Champignon
se acaricia el extremo derecho del bigote, satisfecho.

Leo le da la mano y las gracias a Tomi:

—¡Pero la próxima vez que me pidas el balón no
chilles tanto: casi me destrozas un tímpano!

También sonríe el árbitro, antes de pitar para que
prosiga el partido.

Solo faltan cinco minutos para el final cuando Tomi
recibe un pase en el medio campo.

Ahora sí que el Maracaná está a rebosar de gente.
Dentro de poco empezará el esperado encuentro entre
los primeros equipos. El de los alevines parece desti-
nado a acabar en empate.

El 1-1 les va bien a todos.

O eso parece...

¡En la tribuna los Cebolletas chillan locos de alegría!

—¡Ha hecho la bicicleta y la cafetera! —grita Nico.

—¡Y mi vaselina! —añade Champignon encantado, mientras se atusa el lado derecho del bigote.

Sara y Lara se abrazan.

—¡Capitán, eres un monstruo!

La madre de Tomi tiene los ojos llenos de lágrimas.

—¡Mirad! ¡Mirad! —grita Nico a sus amigos.

Tomi se ha quitado la camiseta rojinegra del Flamengo, ha salido corriendo hacia la tribuna donde sabe que están sus amigos y enseña la camiseta que llevaba debajo.

—¡Lleva la camiseta de los Cebolletas! —exclama Dani.

—¡Nuestra camiseta en el Maracaná!

Tomi solo la puede mostrar unos segundos, porque enseguida llegan los compañeros del Flamengo y se lanzan encima de él a abrazarlo. El invitado español ha sido el héroe del derby de los pequeños en Río de Janeiro.

En el vestuario, el entrenador Damião le estrecha la mano.

—¿Has visto qué bien he hecho en no sustituirte?

Luego Tomi da un abrazo a Rogeiro y le dice:

—Como jugaba en tu puesto, he pensado en usar tus golpes secretos...

123

Rogeiro y Carlos suben a la tribuna junto a los Cebolletas.

—Me doy una ducha y voy con vosotros —dice Tomi.

Damião le ha enseñado el recorrido que tiene que hacer para llegar hasta sus amigos en las gradas, pero
los pasillos del Maracaná son un verdadero laberinto.
Tomi sube un par de escaleras, abre puertas, camina
un buen rato con su bolsa en la mano y al final se convence a sí mismo: «Me he perdido».

Está preocupado, porque el partido de los grandes
está a punto de empezar y tiene unas ganas locas de
ver a sus padres, a Champignon y a los Cebolletas,
para comentar el gol que acaba de meter. Al final se encuentra con un hombre.

—Perdone —le pregunta, esperando que entienda
el español—. ¿Sabe cómo puedo llegar hasta la tribuna central? Creo que me he perdido.

El hombre, que tiene una sonrisa muy amable, le indica el camino. Tomi se lo agradece y está a punto de
irse cuando el señor le pregunta:

—¿Tú eres el español que ha jugado con los chicos
del Flamengo?

124

Tomi sonríe con orgullo.

—Sí, y he marcado un gol.

—Lo he visto. Un gol precioso, de verdad —responde el señor—. ¿Sabes que una vez yo marqué uno también muy hermoso en este estadio y que los hinchas hicieron una placa para conmemorarlo?

A Tomi se le cae la bolsa al suelo de la emoción.

—¿Usted es el señor Pelé? ¿El que metió mil goles?

Pelé sonríe y choca la mano del capitán de los Cebolletas.

—Un placer, amigo. Espero que tú también metas mil goles. Pero ni uno solo más, si no la gente se olvidará de mí...

Tomi se echa la bolsa al hombro y llega a la tribuna corriendo, saltando los escalones de dos en dos. En cuanto lo ven, los Cebolletas se ponen a gritar de entusiasmo. El capitán abraza a todos, guiña el ojo a Gaston Champignon y, cuando ya está a punto de contar su encuentro con Pelé... ve a Eva.

—Al final has venido... ¿Cómo estás? —le pregunta.

—Mejor, mejor —responde la bailarina—. Quería verte jugar en este estadio tan grande, así que le rogué a

125

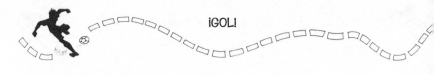
la señora Sofía que me trajera. Llegamos al principio de la segunda parte.

—Y en la segunda parte —comenta el padre de Tomi—, tú has empezado a jugar bien. Como hacía Didi cuando llegaba al estadio su mujer Guiomar...

Todos se echan a reír.

Tomi tiene la cara tan roja como las rayas de su camiseta del Flamengo.

10
ESOS DOS
DE AHÍ
ME SUENAN

Los Cebolletas están pasando sus últimas horas en la playa. Las vacaciones brasileñas se acaban. Esta noche a las diez tendrán que subir al avión que se los llevará a España.

Es el momento de despedirse. Tomi ha escrito su dirección en una hojita que entrega a Rogeiro.

—Así me mantendrás informado sobre vuestro campeonato. Me he convertido en un gran hincha del Flamengo.

Rogeiro le da otra hojita a cambio.

—Y tú, tenme al corriente de cómo os va a los Cebolletas. Y cuéntame todas las meteduras de pata de Fidu...

—Te agradezco de verdad que me dejaras jugar el partido en el Maracaná —añade Tomi—. Te has comportado como un verdadero amigo. Yo, en cambio, tengo que confesarte una cosa: cuando te hiciste daño casi

me alegré, porque lo haces todo mejor que yo. El fútbol, el surf, la samba... Perdóname.

Rogeiro suelta una carcajada y le da una palmada en el hombro.

—No te preocupes. Yo también te confieso una cosa: cuando Leo te tiró al suelo en el campito de mi favela, yo también me alegré... Al principio me resultabas un poco antipático. Como ves, estamos empatados...

Tania, la hermana de Rogeiro, y las gemelas y Eva se intercambian las direcciones.

Carlos se acerca a Fidu y a Nico, que están escribiendo las últimas postales.

—Si conseguís que os las firmen esos dos tipos de ahí, seguro que seréis la envidia de vuestros amigos de España...

Nico levanta la mirada, ve a dos jóvenes sentados junto a la orilla y exclama:

—¡Pero si son Alves y Kaká! ¡Los campeones brasileños del Barça y del Madrid!

En un abrir y cerrar de ojos, los Cebolletas los rodean y los acribillan a preguntas.

—Esta noche volvemos a España —explica Kaká—. Nuestras vacaciones se han acabado. Vuelven a empezar los entrenamientos.

—¡Entonces vamos a viajar en el mismo avión! —exclama Nico, entusiasmado ante la perspectiva de volar con dos campeones.

Becan cuenta a Alves la visita que hicieron a la favela y Nico le describe el partido que disputaron en el pequeño campo de fútbol.

—Cuando vengo a ver a mi amigo Adriano, yo también juego en ese campo —les revela el jugador del Barça—. Y siempre me duelen los pies, porque ya no estoy acostumbrado a jugar descalzo. En cambio, de pequeño saltaba sobre las piedras y ni siquiera las notaba...

Tomi les habla del partido que ha jugado en el Maracaná con la camiseta del Flamengo.

—He visto tu gol —le interrumpe Kaká—. Salió ayer por la noche en la televisión, cuando daban la noticia del derby Flamengo-Fluminense. Felicidades, Tomi, fue un gol realmente precioso...

Resulta divertido ver a dos campeones como Alves y Kaká luchar en la arena contra un conductor de autobuses y el cocinero de Pétalos a la Cazuela...

Al final, todos se lanzan al agua para darse el último baño de las vacaciones.

El padre de Tomi se pone panza arriba con los brazos extendidos.

—Hago el muerto —dice—. ¿Sabéis quién me lo ha enseñado? El esqueleto Socorro...

Champignon y los Cebolletas se echan a reír. La madre de Tomi mira desconsolada a la señora Sofía.

—Cuando me casé con él no era así...

Después de la comida, se van todos a hacer las maletas. La de Nico está a punto de reventar, parece imposible cerrarla. Al final, el número 10 pide ayuda a Fideo.

—¿Te importaría sentarte encima? Con tu peso ligero debería conseguirlo.

—Pero... ¿se puede saber qué has metido dentro? —pregunta Fidu, curioso.

—Los regalos que he comprado para las profesoras —responde Nico.

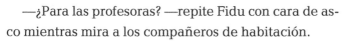
—¿Para las profesoras? —repite Fidu con cara de asco mientras mira a los compañeros de habitación.

En un segundo, Tomi, Dani y Fidu lanzan sus almohadas contra la cabeza del pobre Nico, al grito de «¡Maldito empollón!».

Por la noche, Augusto lleva a todo el mundo al aeropuerto.

Mientras esperan para embarcar, Nico quiere volver a probar la bicicleta. Tomi le enseña una vez cómo se hace. Nico lo observa y luego trata de imitarlo.

Esta vez logra levantar el balón con los pies sin tropezar, pero cuando intenta hacerlo pasar por encima de su cabeza se le escapa y va a chocar contra una jaula de plástico que los Cebolletas ya conocen bien...

La señora, que no es precisamente delgada, se pone inmediatamente a chillar.

—¡Biro Biro! ¡Tesoro mío, vuelve con tu mami! ¡Biro Biro! ¡Que alguien me ayude a recuperar mi minino!

Fidu se lleva las manos a la cabeza.

—¡Nooo! ¡Otra vez ese gatucho de mal agüero!

Y vuelve a empezar el acostumbrado safari por el aeropuerto de Río de Janeiro, a la caza del gato negro...

El vuelo sale perfectamente puntual. Durante el despegue, como a la ida, Nico coge la mano de Fidu, que

131

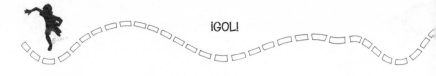
está muy preocupado, sobre todo después de haberse cruzado con un gato negro.

NICO, ¿ME DAS LA MANO?

Están todos tan cansados que después de cenar se quedan dormidos casi enseguida.

Seguro que puedes imaginar lo que están soñando.

Sí, por supuesto: con todas las emociones que han vivido durante sus espléndidas vacaciones en Río. Con la visita a Corcovado, el Maracaná, la favela de Rogeiro, la samba en la playa, el susto de Eva, el partido de Tomi, el encuentro con Alves y Kaká...

La madre de Tomi duerme con la cabeza apoyada sobre el hombro de su marido, que está despierto escuchando un CD de música clásica. También está des-

pierto Champignon, que observa a sus Cebolletas uno tras otro y sonríe satisfecho.

«Hemos pasado unas vacaciones estupendas y hemos entrenado muy bien —piensa el cocinero para sus adentros—. A fuerza de correr sobre la arena y de echar carreras por el paseo marítimo, las piernas se han vuelto más fuertes y resistentes. Los pies, que han golpeado el balón descalzos, se han hecho más sensibles. Jugando con los chicos brasileños, que son unos fieras, los Cebolletas han aprendido mucho y han mejorado desde el punto de vista técnico. Pero, sobre todo, estos días los chicos se han hecho mejores amigos. Han comido y dormido juntos, se han conocido mejor, han compartido miedos y emociones. Y, cuando un equipo está formado por amigos de verdad, puede ganar cualquier partido.»

Gaston Champignon se acaricia la parte derecha del bigote, piensa en el campeonato que comenzará en octubre, el primer campeonato oficial de los Cebolletas, y está convencido: ¡jugarán fenomenal!

El comandante acaba de anunciar que en veinte minutos el avión aterrizará en el aeropuerto de Barajas. Tomi y Eva se abrochan el cinturón de seguridad.

Eva mira por la ventana.

133

—Me gustaría bailar contigo sobre esas nubes.

—Mejor que bailes otra vez con Rogeiro. Él lo hace mucho mejor... —contesta Tomi sonriendo.

—Pero yo quiero bailar contigo. Te enseñaré.

—¿Y si me equivoco y agujereo una nube? —pregunta Tomás.

—Lo peor que puede pasar es que llueva, pero nosotros, al estar por encima, solo nos mojaremos los pies —responde la bailarina.

11
UNA
SEMANA
DESPUÉS...

Pedro y César, jugadores de los Tiburones Azules, están sentados en un banco de los jardines. Esa tarde hace bochorno. Los dos tienen en la mano un helado y una postal.

—Me ha llegado una postal de Brasil firmada por todos los Cebolletas —dice Pedro.

—A mí también —dice César—. Y en la mía están también las firmas de Kaká y de Alves. ¿Crees que serán de verdad?

—¡Qué va! —exclama Pedro—. Las habrán hecho ellos para tomarnos el pelo. Se hacen los graciosos, pero ya nos las pagarán durante el campeonato. No veo la hora de jugar contra ellos. ¡Esta vez esas dos nenitas no me detendrán, y llenaré de goles la portería del gordinflón de Fidu!

—¡Y yo le taparé la boca al traidor de Tomi, que ha tenido la jeta de abandonar los Tiburones Azules! —aña-

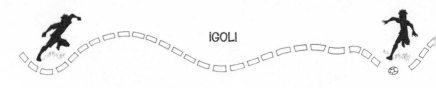

de César—. La próxima vez no permitiré que me engañe con sus fintas.

Como ves, los chicos de los Tiburones Azules aún están mosqueados. No han digerido haber perdido la apuesta ni los platos que tuvieron que fregar en el Pétalos a la Cazuela... Se mueren de ganas de vengarse, mientras los Cebolletas esperan el comienzo de su primer campeonato para exhibir todo lo que han aprendido en Brasil.

En resumen: ¡que no puedes perderte los próximos partidos de los Cebolletas!

¡Hasta pronto! O, más bien, ¡hasta prontísimo!

EL DERECHO DE JUGAR AL FÚTBOL...
¡Y DIVERTIRSE!

A los Cebolletas, Gaston Champignon les recuerda siempre que la regla número 1 es divertirse, no ganar. Porque quien se divierte... ¡siempre gana!

Bueno, no es el único que piensa de esa manera: en 1992, en Ginebra, se redactó la *Carta de los derechos del niño en el deporte.* ¡Leedla bien y procurad que se respeten siempre vuestros derechos!

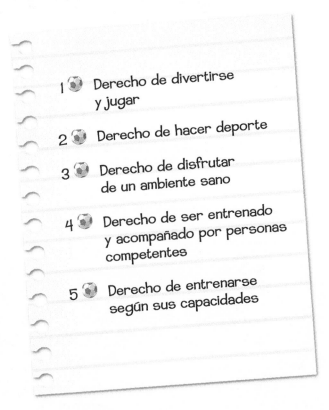

1 ⚽ Derecho de divertirse y jugar

2 ⚽ Derecho de hacer deporte

3 ⚽ Derecho de disfrutar de un ambiente sano

4 ⚽ Derecho de ser entrenado y acompañado por personas competentes

5 ⚽ Derecho de entrenarse según sus capacidades

6 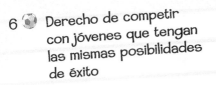 Derecho de competir
con jóvenes que tengan
las mismas posibilidades
de éxito

7 Derecho de practicar deporte
con absoluta seguridad

8 Derecho de disponer del
tiempo adecuado de reposo

9 Derecho de no ser
un campeón

Gaston Champignon

ÍNDICE

¡GOL! UN GRAN EQUIPO

Ocho niños. Una pasión: el fútbol. Un sueño: ¡ser los mejores! Bajo las órdenes de un míster algo peculiar, el señor Gaston Champignon, ocho niños y niñas han formado un equipo de fútbol de lo más disparatado. Se llaman Cebolletas y les espera una temporada repleta de grandes emociones (¡y muchísimo sudor!). Pero antes de empezar, los ocho cracks ya han aprendido la lección más importante: ¡para ganar sólo hace falta divertirse!

Ficción/Juvenil

¡GOL! EMPIEZA EL CAMPEONATO

Ya hemos llegado al ecuador del campeonato, ¡y los Cebolletas están a sólo un punto del líder! Pero su mayor reto no va a ser conseguir el primer puesto, sino superar los problemas internos. Desde que Fidu dejó el futbol, nada es lo que era: a Dani le disgusta estar bajo los tres palos, Tomi tiene celos de Becan y las gemelas se despistan continuamente... Por suerte, Gaston Champignon les va a recordar la lección básica del deporte en equipo: lo más importante es mantenerse unidos.

Ficción/Juvenil

VINTAGE ESPAÑOL
Disponibles en su librería favorita.
www.vintageespanol.com